校舎五階の天才たち

神宮司いずみ

講談社
タイガ

イラスト――くっか
デザイン――川谷康久（川谷デザイン）

登場人物紹介

来光《らいこう》 福音《ふくね》――県立東《ひがし》高校・三年二組。

松戸《まつど》 綾《あや》――同・三年二組。福音の友人。文芸部。

加藤《かとう》 沙耶夏《さやか》――同・三年一組。「東高三人の天才」の一人。

篠崎《しのざき》 良哉《よしや》――同・三年四組。「東高三人の天才」の一人。

渡部《わたべ》 純一《じゅんいち》――同・三年四組。「東高三人の天才」の一人。

右梅《みぎうめ》 咲江《さきえ》――同・三年四組。吹奏楽部部長。

草野《くさの》 由美《ゆみ》――同・三年三組。吹奏楽部。

三村《みむら》 大輝《だいき》――同・三年二組。

坂足《さかあし》 幹男《みきお》――同・物理教師。

校舎五階の天才たち

第一章　七月十四日（月）

篠崎良哉《しのざきよしや》が死んだらしい。

駅の階段をのぼりながら振り返ると、二年生の襟章をつけた男子生徒が、隣の友人に囁《ささや》くところだった。

篠崎良哉が死んだらしい。

ああ、だから電車の中が落ち着かなかったんだ、と私は思う。普段はイヤホンで耳を塞《ふさ》いでいる子たちも、友人を見つけては、朝から熱心に話し込んでいた。

ショートホームルームにちょうど間に合うこの時間帯の電車は、県立東《ひがし》高校の生徒でいっぱいになる。改札階へ上がると、夏用の制服が蛇のような列を作っていた。そこでも噂《うわさ》話《ばなし》が繰り広げられているらしく、列の歩みがいつもより遅い。

篠崎良哉が死んだらしい。

亡くなったのが彼でなかったら、一年生や二年生までもが、こんなに熱心に話題にすることはなかっただろう。

駅舎から出ると、時計塔の脇の大階段で、地上へと降りる。そこから先は、二車線道路沿いのこぎれいな商店街だ。東高はその先にある。

オレンジ色のタイルが敷かれた広い歩道の端を、私は文庫本を押し開いて歩く。その間にも、噂話の波が、絶えず耳に押し寄せてきていた。

篠崎良哉が死んだんだって。

なんで？

学校までの道のりも半分を過ぎた頃には、私も諦めて本を閉じた。とてもじゃないけれど、集中なんてできない。

聞こえてくる噂話によれば、篠崎くんが亡くなったのは土曜日のことらしかった。私たち三年生は、全国模試を受けるために登校した日だ。テスト自体は十五時前に終わり、私はそれからいちばん早い電車に乗って帰った。篠崎くんに何かがあったのは、きっとその後のことだろう。

噂にのぼる死亡原因は様々だ。それでもどうやら、轢死《れきし》という点だけは確からしい。突風でよろめいただの、誰かに突き落とされただの。笑ってしまうような暗殺説まで、まことしやかに囁かれている。

商店街が途切れ、交差点を渡るとすぐに、県立東高校が現れる。六十年あまりの歴史を誇る、県内ではそこそこの実績の進学校だ。十年ほど前に塗りなおされたという白い外壁が、青空の下、くっきりと浮かび上がっている。

昇降口でも、生徒たちは熱心に噂話を交わしていた。

その中で、私は一人、背伸びをしている。私の身長は百五十センチに届かず、そのくせ理不尽にも下駄《げた》箱は最上段なので、毎度苦労するのだ。

スチール製の扉を開け、なかば投げ込むようにローファーを入れると、上段の上履きサンダルに手をかけた。

その指先に触れたのが、ゴムの感触ではなかった。

——紙。

ラブレター、と一瞬だけ、そんな単語が頭をよぎる。心臓がゆっくりと高鳴っていく。

そっと取り上げて見てみると、どうやら、ノートを千切ったものを小さく折りたたんだだけの手紙のようだった。恋文にしてはお粗末だ。

靴箱にいたずらを仕込むような友達はいないので、きっと何かの書き置きだろう。

サンダルをつっかけながら、それを開こうとして、ふと手を止めた。

筆圧が強い。文字が透けて見えた。

——「篠」の字の右半分と、「崎良」の文字。

篠崎良哉が死んだらしい。

私は何食わぬ顔をよそおって、その手紙をスクールバッグへ押し込んだ。生徒の流れに再び乗り、三階まで上がる。東高では、学年が上がるごとに教室のフロアも上がっていくのだ。

北東の階段室を出ると、三年生の教室が一組から順に並んでいる。私は二組だ。

教室の中でも、篠崎くんに関する噂話は繰り広げられていた。ささやかな、けれど特殊な状況でないと現れない熱狂が、龍のように教室を泳ぎ回っている。

私はどのコロニーにも交ざらず、机の上に鞄を置くと、そっとファスナーを開いた。手紙は確かにそこにある。

けれど、ここで読むわけにはいかなかった。綾《あや》ちゃんが、教室の後ろのほうの席に、一人座っているのだ。一緒にお昼ご飯を食べて教室移動をする同士が、こんな朝におしゃべりをしないわけがない。彼女が話しかけてきたときに手紙を広げていたら、なんとなくややこしいことになる気がする。

手のひらに隠すようにして手紙をスカートのポケットへ移動させた。誰が書いた手紙かは知らないが、このまま見つからないうちに、人目のないところで読んでしまおう。ただし、急がないと。あと三分でホームルームが始まってしまう。

「フクちゃん、おはよう」

教室を出るか出ないかのところで、綾ちゃんが私の腕をとった。

「あ……。お、おはよう、綾ちゃん」

「ねえねえフクちゃん聞いた？　篠崎君が死んじゃったんだって」

私の苗字《みようじ》は福田でも福井でもない。来光《らいこう》だ。名前が福音《ふくね》なのである。来光福音、親はクリスチャンかとよく訊《き》かれる。かぎりなく無宗教に近い浄土真宗だ。

「篠崎君ね、電車に飛び込んだんだって。自殺。土曜の模試の後に」

「自殺だったの？　いろんな噂が流れているみたいだけれど」

私が言うと、綾ちゃんは途端に色めきたった。両手を胸の前で握る。

「ほんとだよ。動機はまだよくわからないけど、ほんとに自殺。自分で帰りの電車に飛び込んだんだって。アヤのママ、ＰＴＡの葉山《はやま》支部の役員やってるじゃん。ほら、篠崎君の家も葉山市だから」

高校にもなるとＰＴＡの存在は希薄だけれど、非常時に動く仕組みはあるらしい。

「そうなんだ……。だけど、どうして篠崎くんが」

「自殺なんて、だよね。そうなの、誰にもわからないの。だってあの篠崎君だもん」

「ついこの間、宇宙飛行士になるのが夢だってスピーチしていたのにね」

東高では毎年、各学年の最優秀生徒に、伝統ある「あけぼの賞」が与えられるのだ。「東高三人の天才」の中でも群を抜いていた彼は、二年生の終わりに受賞し、修了式で将来の夢についてスピーチをしたのである。つい四ヵ月前のことだ。

「そっか、そうだったね……夢のある人が自殺するなんて、きっと、アヤたちにはわからない、難しい事情があったんだよ……」

綾ちゃんはそれから「フクちゃん、大丈夫？」と小声で訊《たず》ねた。

「え、うん。……何が？」

「席につけー」

私たちの間を裂くように、担任の荒井《あらい》先生が教室に入ってきた。私たちは、風になびいた蜘蛛《くも》の糸が切れるように、挨拶もなしにふっつりと会話状態をやめにする。学生の習性なのかもしれない。

教室が静かになるのは、普段より断然早かった。それはどこのクラスでも同じらしい。圧力と吸引力とを併せ持った静けさが、廊下にひしひしと満ちてくる。

みんなが固唾《かたず》を呑《の》んで見守る中、教卓に両手を突っ張るようにしてうつむいていた顔が、ぐいと上がった。

「もうすでに話題になっているかもしれないが、実は、四組の篠崎良哉君が、土曜日に亡くなった」

悲痛そうな面持ちの先生を、私はまっすぐに見上げていた。そう、文字どおり、見上げていた。席が教卓の目の前なのだ。おかげでこっそり手紙を読むこともできない。

「篠崎はな、何か大変な困難があって、大切な命を自ら絶ってしまったんだと思う。悲しいことだ。優秀な生徒が人生の苦難に負けてしまったことは、先生たちの責任でもある」

荒井先生は、盗賊の親玉のようなむさくるしい顔で天を仰いだ。

「今回のことは、とても悲しい出来事だった。皆も大きなショックを受けていることと思う。ただな、きっちりと心の中で決着をつけて、彼の分まで、自分の未来にしっかりと立ち向かってほしい。……さて、土曜日は、全国模試、おつかれさまでした。よく言われるとおり、夏休みは受験勉強の金字塔だ」

違う、天王山だ。しっかりしてほしい、日本史教師。

「いいか、一日のうち、受験勉強に費やせる時間には限りがある。ほかの受験生に勝つには、早く始めるしかないんだぞ。この夏休みで苦手を克服できるよう、しっかり計画を立てておくように。……もし何か悩みがあれば、先生たちみんな、ちゃんと聞くからな。以上です」

結局は、事件の話ばかりしていないで勉強をしろと言いたいだけだったらしい。

そうとらえたのは私だけではなかったようだ。

「おまえのために勉強してるんじゃないっての。篠崎君かわいそう」

「早くやらなきゃってのもわかってるしさあ。あーあ、夏期講習、申し込まなきゃ」

先生が出ていくなり集合した、ひときわ派手な女子グループの脇をすり抜けて、私はやっとのことで教室を出た。今度は綾ちゃんにもつかまらなかった。

さいわい、お手洗いはそんなに混んでいなかった。いちばん奥の個室に入り、鍵をかけると、ポケットから手紙を取り出す。

大学ノートのページを破りとって、八分の一の大きさに畳んだものだった。折り目を慎重に広げていく。

急いで書いたような文章が、水色の罫線《けいせん》を無視した角度と大きさで並んでいる。

私の胸の真ん中で心臓が暴れていた。大動脈や大静脈の束縛を振り切って飛び出そうとしているみたいに。

篠崎良哉が死んだらしい。

なんてことだ。

篠崎良哉、その人からの手紙だった。

『来光さんへ
久しぶりだね。

突然だけど、僕はこれから電車に轢《ひ》かれて死ぬことになります。どちらにしても、毒を飲まされたので、助からないでしょう。

お願いがあります。僕を殺した犯人を見つけてください。

僕は犯人の恨みを買ってしまい、追い詰められて死ぬことになりました。犯人は東高の人間です。もう一人、同じ手紙を受け取る子がいるので、彼女と一緒に捜してください。

実家にも遺書を送りますが、そこに書いたことは嘘《うそ》です。

突然のことで申し訳ないけど、来光さんなら、きっと見つけられると思う。

君の思うようにしてください。

この手紙は、読み終わったら処分するように。

篠崎良哉』

モノローグ・I

「この高校について考えるとき、いつも海流を思い浮かべる」

『へえ』

「暖流と寒流が交わる海は、豊かな漁場になる。日本近海でいうと、黒潮と親潮とか」

『中学二年の社会科で習ったね。覚えてるよ』

「東高もそんなところだと思うわけ。うちの県の進学校の順位は特殊だろう。上位四校が男子校と女子校。中央男子と中央女子、北高と北女。ツーペア。五番手になって、ようやく共学のうちだ。だから、男子校女子校の独特の雰囲気に入れないと判断した県のトップ層が、一部降ってくるわけ。あたしみたいな奴《やつ》ら。これがひとつ目の海流」

『上からだから寒流かな』

「地図の上が北だなんて、思い込みだ」

『加藤《かとう》は相変わらずだね。もうひとつの海流は？』

「このレベルの進学校に入学しようと、必死で勉強してきた層。生徒の三分の一近くが国公立大に合格しているのは、うちと、ひとつ下の城山《しろやま》高校までだ。ただし、城山高校は交通の便が悪いから、塾に通って内申書に神経つかって、少し上のこの高校に、ぎりぎり入学してくるんだよ」

『暖流だ』

「当然、自分に見合った偏差値がちょうど東高だったって奴が過半数だろうけどさ。それにしたって、予想外だった。こんなにつまらないところだったとはな」

『豊かな漁場なのに？』

「海流が混ざりあえばそうだったんだろうけど、見てのとおりだ」

『たしかに加藤はいつも一人だよね。ほかの子と仲良くすればいいのに。楽しいよ』

「どうだか。この学校の人間は、生徒も教師もとにかく中途半端だ。そこそこいい高校に入れたから、普通にやってればそこそこの大学に行けて、就職できる。そういう見通しがさ、みんなできてるんだ。だからできるだけ普通でいようとする。おもしろくない」

『ふうん。──加藤はさ、なんで東高に来たわけ？　もっと上の学校にも行けたのに』

「女子校が面倒そうだっただけだよ。男子校はもっと嫌だし」

『男子校には入れないだろう』

「だから五番手に甘んじてるの。たまんないだろうな、ほかの生徒は。ろくに勉強せずにやすやすとトップをとる人間が、三人もいるんだから。東高三人の天才、奇跡の学年だってさ」

『先生方も喜んでくれてるね』

「進学実績が上がるからな」

『加藤は嬉《うれ》しくない？　期待されたり褒められたりして』

「あたしを直接褒めた教師なんていたっけ？」

『――いなかったかも』

「だろ？　努力を奨励する学校教育のもとでは、あたしみたいなのは目の上のたんこぶなんだよ。褒められるわけがない。いいんだよ、これで。あたしをコミュニティの外側に置いておくことで、勉強をがんばるっていう統一性が保たれる」

『だけど、それじゃあ、加藤はいつまでも一人じゃないか』

「何か問題ある？　誰も話しかけてこないなら、そのほうがいいし。静かで、好きにできる」

『でも――寂しいから、僕とこうして話しているんだろう。加藤。違うのかい』

「――普通に生きるには、頭のスペックが余るっていうだけ。それだけ。ただの暇つぶしだよ」

第二章　七月二十日（日）

校庭に背を向けて、私は一階女子トイレの窓に向き合っている。

日曜日の学校には、人っ子一人見当たらない。

部活動との文武両道を掲げる校風とはいえ、毎週日曜の活動は、原則禁止になっているのだ。進学校としてのレベルを維持するため、勉強時間を確保する施策らしい。

私は、あたりに誰もいないのをもう一度確認して、正面に視線を戻す。窓のサッシが目の前にあった。ガラス面に手のひらをつけて、横にずらしてみる。

「本当に開いてる……」

手元のメモに目を落とした。篠崎くんからの手紙と同じように、一昨日、金曜の朝に下駄箱に入っていたのだ。日時と場所の指定が書いてある。ご親切なことに、校舎内への忍び込み方も。

メモをポロシャツの胸ポケットに入れ、開いた窓に手をかけた。えいと跳ねて、ローファーの先を壁に押しつけるようにしながら、体を持ち上げていく。腕の筋肉が震えた。

足が窓の縁に乗ると、目撃されないうちにと、私は急いで内側へ飛び降りる。靴底が打ちつけられて、足の裏がじんと痺《しび》れた。

窓から差す光が、帯電しているようにきらめいている。

休日の、施錠されたはずの校舎に、忍び込めたのだ。

私は俄然《がぜん》高揚してきて、心を落ち着けようと、一度大きく深呼吸をした。意気揚々と進み出そうとして、慌てて窓を閉めた。

昇降口で上履きに履き替えると、もう一度メモを確認する。

『待ち合わせは北東の階段四階』

これが、私と同じく、篠崎くんから手紙を受け取ったもう一人からの指示だった。

冷徹な字だ、と私は思う。とめはねがしっかりしているのが、かえって無機質に感じられる。

北東の階段四階。

金曜日、最初にメモを見たときには戸惑った。東高の校舎は、北校舎も南校舎も渡り廊下も、すべて三階までのはずだから。

違ったのだ。

見に行ってみれば、ロの字形の校舎の四隅にある階段のうち、北東と南西の階段は、屋上まで続いていたのである。小中高と屋上は立ち入り禁止だったので、その可能性に思い至らなかった。

無人の校舎で、階段を踏みしめて上る。貧血体質なので、少しの運動で息が切れてしまう。

三階を過ぎて、踊り場で折り返すと、階段のいちばん上に彼女が待ち受けていた。

骨格図のお手本みたいな体形だ。腕を組み、仁王立ちしている。彼女の後ろ、屋上へ出る扉のはめ込み窓から、真夏の白い光がめいっぱいにあふれてきて、色素の薄い髪が、明るい茶色に透けて見えた。

加藤沙耶夏《さやか》、人の心を読める女。篠崎くんと並ぶ、東高三人の天才の一人。

「よお、来光福音」凛《りん》とした声だ。「よく来たな」

高校生活三年目にして、これが、天才・加藤沙耶夏とのファーストコンタクトだった。

私はなんと返事したら良いかわからなくて、曖昧に会釈をした。そのまま頭を垂れて、彼女のもとへと上がっていく。

屋上への扉の前には、四畳ほどのスペースがひっそりと広がっていた。屋上と同じ高さのようなので、階段室の四階部分の空間は、校舎のてっぺんに突き出る形になっているのだろう。壁際には、教材会社の名前が印刷された段ボール箱がひとつ、中に詰まったパンフレットごと色褪《いろあ》せている。床のタイルは、ガラス窓から差し込む日光のせいで、白から黄へと変色していた。

「なんだよ、ぱっとしない顔だな。さっきまでわくわくしてたくせに」

天才、加藤沙耶夏。人の心を読める女。

私は視線をさまよわせた。

「どうして……」

「来光福音、知らないのか？　あんた、文学少女だって認識されてる。ところが図書室の貸出記録を見てみたら、借りた本の八割は、冒険小説に類するものだった。したがって、窓から学校に忍び込むような真似《まね》をしたら愉《たの》しめるだろうと思った。以上」

私は舌を巻いた。人の心が読めるという噂は本当だったのだ。ただし、私たちがイメージしていたよりも、ずっと唯物的な方法だった。

「加藤さん、その、私のこと、調べ……」

「調べたよ。そりゃそうだろ。これから一緒に捜査するんだから」

彼女は壁にもたれるようにして座り込んだ。それから、あんたも座れば、と言う。慌てて正座をした私を見て、片眉を上げげた。

「まずは、あたしらが受け取った手紙について確認しよう。来光福音、あんたのを見せて」

私はぽかっと口を開ける。

「え?」

「だから、月曜にあんたが受け取ったっていう手紙を見せて」

「な、ないよ……。捨ててしまったもの」

「はあ?」今度は加藤さんがあっけにとられる番だった。「捨てたって、なんで」

「だって、読み終わったら処分するように、って書いてあったから……」

「そんなの、あたしのにだって書いてあるよ。なあ来光福音、あたしらがこれから何するかわかってんのか。この一週間、あたしが一人で調べても真相が見えてこなかった事件の捜査だぞ。どんなもんでも証拠になりうるって状況で、よく捨てたな」

「ご……ごめんなさい」

篠崎くんのいうとおりにしたのに、という気持ちもなくはなかったけれど、強い語調でまくしたてられると、自分が絶対的にわるい気がしてくるから、気が弱いというのは損だ。

「ま、実物なくても、さいあく、そっくり暗唱できればいいや。ちょっと聞かせて」

そんな無茶な。

うろたえていると、思いきりため息をつかれた。

「これだから頭わるい奴らは面倒なんだよ。いいよ、あたしのほうの見て、違うとこあったら言って」

加藤さんは制服の胸ポケットから出した手紙を床に広げ、こちらへ押してよこした。

私が受け取ったものと同じ、ノートを破りとったものだった。

『加藤へ
僕はこれから電車に轢かれて死ぬことになります。どちらにしても、毒を飲まされたので、助からないと思う。

僕は犯人の恨みを買ってしまい、追い詰められて死ぬことになってしまいました。僕を殺した犯人を見つけてくれ。犯人は東高の人間だ。二組の来光さんにも手紙を遺《のこ》すので、彼女と一緒に捜してほしい。実家へはダミーの遺書を送ってある。

後のことは頼みました。

この手紙は、読み終わったら処分するように。

篠崎良哉』

それから、名前の後ろに「宇宙が空のままだったら、僕らはしあわせだったろうにね」と追伸のように小さく書き込まれている。

「どうだ？」

加藤さんが顔を覗《のぞ》き込《こ》んでくる。

「えっと、書いてあることは大体同じ……だと思う。最後の追伸は、なかったけれど」

私はうしろめたさで目を伏せる。これが天才同士の個人的なメッセージのように思えて。

「ふうん」加藤さんは顔を背け、ちょっと何かを考えているようだった。「ま、いいか。じゃ、ひとつずつ状況を確認していこう」

加藤さんはスカートのポケットから単語カードを取り出した。小さなカードがリングでまとまっている、受験生がよく持っているあれだ。

「まずはこの手紙の――」

「ま、待って待って。……私も犯人捜しをするの？」

「するから来たんじゃないわけ？」

とげのある口調に、私は首をすくめる。機嫌がわるいのか元からそういう話し方なのかはわからないけれど、怖いことに変わりはない。口を開くと、弱々しい声が出た。

「だけど、どうして私に手紙が来たのか……」

加藤さんはため息をついて、自分宛ての手紙を振った。

「心当たり、ないわけ？」

「全然……」

「篠崎良哉が死んだ日、模試が終わった後の行動は？」

「一人ですぐに帰ったよ。クラスが分かれてから、篠崎くんと話したことはないし……」

「で、戸惑ってるってことは、篠崎良哉についてあんただけが知っている秘密もないんだろう。格別仲がいいわけじゃなかった。だとしたら、手紙が来た理由はひとつだ。あんたが文学少女だと思われていたから」

たしかに、同じクラスだった一年生のときに、私と篠崎くんとの読書感想文が揃《そろ》って学校の代表に選ばれたから、そういう認識は持たれていたかもしれないけれど。

「だからといって、それで役に立てるとは思えないよ……」

まあな、と彼女は頷《うなず》く。

「あたしもそう思う。だから一人で調べてたんだし。ま、あたしが飽きたときのための補欠なんじゃないの」

「ずいぶんと能力が落ちるね……」

「せいぜい役に立てよ。文学少女らしく想像力を働かせてさ」

私はこわばった顔で「がんばるね」と囁いた。

「で。さっそくだが、来光福音は手紙を読んで、どう思った？　なんでもいい」

「どうって……。あの篠崎くんが誰かに恨まれるなんて、って驚いたよ」

「ほかに」

言われて、私は加藤さん宛ての手紙を借りる。

「……毒と電車に飛び込むことの、二つを強要されたことが、不思議だと思う」

犯人は篠崎くんに毒を飲ませたのに、その上、電車に飛び込ませたのだ。どちらか片方でも事足りたはずである。

「あたしが犯人でもそうするさ」

加藤さんがあまりにきっぱりと言いきるので、思わずその顔を見上げた。

「毒で死んだら、多かれ少なかれ、殺人を疑われるからな。その点、轢死なら、司法解剖も行われない。だろ？」

「それは……たしかにそうかもしれないけれど……」

素直に頷きづらい言い方である。

「ただ、篠崎良哉のほうがそれに従った理由はよくわからない。犯人を見つけろと手紙を遺すくらいなら、そのまま毒殺されて警察沙汰になったほうが、よっぽど確実だったろうに」

「そうすると、犯人をかばったみたいに思えるよね？」

「本当にかばったなら、あたしらにこんな手紙を遺さない」

加藤さんは単語カードをリングからごっそり引き抜くと、床の上に山積みにした。いちばん上の一枚に「なぜ毒を飲まされたのに電車に飛び込んだのか」と書き込む。

「ねえ、加藤さん」

彼女は、なに、と顔も上げずに答えた。その口調の冷たさに、私はひるむ。

「何ってば」

「えっと、その単語カード、メモ帳代わりにしているの?」

「今はな。来光福音も一緒に捜査するっていうから、わざわざ買ってきたんだぜ」

似合わないものを持っていると思ったら、そういうことだったのか。

「ありがとう……」

「働きで返してもらう。ほかに気になるところはあるか」

「気になるというか……そもそも篠崎くんは本当に自殺だったのかな」

綾ちゃんは絶対に自殺だと言っていたけれど、それだって伝聞だ。

「手紙には、電車に轢かれるとしか書いていないし、もしかすると押されたとか……」

「自殺だよ。篠崎良哉は自分からホームに飛び込んだんだ」

どうしてそう自信たっぷりに断言できるのだろう。

疑問ないし不信感が顔に出たらしい。加藤さんは単語カードを扱う手を止めて言った。

「カメラ」

「……写真？」

「ちがう、駅のホームについてる監視カメラ。――篠崎良哉の遺書は、翌日に実家に届いたろ」

私たちへの手紙にもあったように、彼は亡くなる前に、遺書を自宅に郵送していたらしいのだ。

「篠崎良哉が飛び込んで、駅員なり警察なりが現場を調べた時点では、誰もその遺書の存在を知らなかったんだ。郵便ポストの中だったからな。となれば、一応、監視カメラの映像をチェックしたり、目撃証言を集めたりしたはずだ。不自然な動きがあれば事件性を疑ってる。が、翌日の朝刊にはすでに、『東高男子生徒自殺』の記事が載った」

それならば私も読んだ。彼の死を知った月曜日、家に帰ってすぐに新聞入れを漁《あさ》ったのだ。文字どおりの三行記事で、地方面の下のほうに、梱包《こんぽう》材のように詰められていた。

つまり、と加藤さんは続ける。

「遺書が家族のもとに届いたのが新聞記事の後である以上、現場の状況からも、自殺だと断定できていたはずなわけ。終わり」

まるで数学の証明問題のような説明だ。

「なるほど……」

「ま、一応、その映像見られないかって駅長室兼駅員室に忍び込んでみたんだけど」

「え？」

耳を疑う。

「改札脇に駅員が立ってる部屋があるだろ。あそこに映像がある。二週間くらいはストックされてるんだけど」

「え、忍び込んだって」

加藤さんは長い髪をばさばさ振った。

「忍び込むところまでは行けたんだけどな。さすがにデータをチェックするだけの時間を稼ぐとなると、手間もかかるだろ。見たところで、自分から飛び込んだことは確かだろうし」

やっぱり加藤さんが一人で調べたほうがいいんじゃないかな、と私は思う。

「で、これ」

彼女は床に並べたカードを示した。私たちは百人一首をしているみたいに向かい合って、それを覗き込む。白い指に映える桜色の爪が、そのうちの一枚を押さえた。「篠崎良哉はなぜ、手紙に犯人の名前を書かなかったのか」。

「この手紙が書かれたとき、篠崎良哉がどんな状況下にあったのかはまだ分からないけどさ、もし犯人に隠れて書いたのなら、名指しで告発できたはずだ。逆に、犯人がその場にいたら、こんな手紙を黙って書かせてるわけがないよな」

「篠崎くんは、犯人が誰なのか知らなかったんじゃ……」

捜してくれと書くくらいなのだから。

「恨まれてたのにか？」

「うーん……」

どれかを立てればほかが立たない。すでに私の手に余る難解さだった。

「ま、手紙のことはこれでおいとくか。次」

と指したのは「篠崎良哉の遺書」と書かれたカードだ。

「遺書というと、ご家族に送ったほうだよね？」

遺書の存在については、手紙を受け取った私たち以外の生徒も、なんとなく知っている。

「加藤さんは遺書の内容、知っているの？」

「本物を読んではいない。何人かの教師たちから少しずつ得た情報があるだけだ。ま、でも、来光福音にも、大体のところはわかってるだろ」

「噂はいくつも聞いたけれど……」

「共通項から形は見える」

私は小さく頷いた。

「……人生に疲れたから死にます、って」

「そ。あの篠崎良哉が、人生の何に疲れたのか。あたしに遺書のことを話した教師たちは、なにげなく質問してきたよ。天才って、やっぱり疲れちゃうものなのか、ってさ」

東高三人の天才という呼び名は、先生方の間でも浸透しているらしい。

ちょっとぶしつけな質問かもしれないと思いながら、私は好奇心に負けて訊ねた。

「加藤さん、なんて答えたの？」

「疲れることしてないですけど、って言った」

加藤さんはふいと視線を逸《そ》らして、そう答えた。

「そう……」

それなら、篠崎くんはいったい何に疲れていたというのだろう。疲れただなんて言葉では、彼の苦悩が形を持たない。

そこで私は思い出す。

「でも、篠崎くんの手紙には、遺書は嘘だって書いてあったよね？」

加藤さんが受け取った手紙を指す。彼女はきっぱりと首を振った。長い髪が音を立てて揺れる。

「いや、篠崎良哉が書いた以上、無視はできない。本心が書かれていないとしてもだ。篠崎良哉の頭から出てきたのなら、判断材料になるからな。わかるか？」

「えっと……」

さっきから彼女の思考についていけなくて、私は目が回りそうだ。

「つまり、疲れたからって言えば、ああそうですかって家族が納得すると思ってたってことだよ。もしそうなら、あたしは篠崎良哉がそう考えた理由に興味がある」

「篠崎くんは本当に人生に疲れていたかもしれないということ？」

「家族がそれで納得するだけの何かがあったかもしれないってこと」

人生の何に疲れたと解釈されるつもりだったのだろう。

「ご家族に話を聞けないかな？　誰かに恨まれていたことを相談していたかもしれないし」

「篠崎良哉が犯人の存在をにおわせていたなら、両親は黙ってないだろ。いじめとして調べが入ってる。篠崎良哉がどんなにいじめられなそうな人間だったとしてもだ」

加藤さんはカードを並べ替えながら淡々と言う。

「だから、そういう動きが学校にも見えない以上、家族は遺書で納得してるんだろ」

そういえば、彼女の親御さんはどんな人なのだろう、と私はぼんやりと考える。全然想像がつかない。

「じゃ、ようやくお楽しみ、犯人の話に入るか」

加藤さんは楽しそうに笑うと、冷徹な字で「犯人は東高の人間」と書いた。私は身を乗り出す。

「東高生ではなく、東高の人間って書いてあるのは、なんだか引っ掛け問題みたいな感じがするよね」

「ま、疑えば、生徒じゃなくて教師や講師、あるいは事務員が犯人だって示唆しているととることもできるな」

それにしたって、と加藤さんは頭上を仰いだ。

「人数多すぎんだよ。七百人以上いるんだぜ、東高の人間って」

「そんなにいる？」

「生徒が一学年あたり約二百四十人。三学年合計で七百二十人。事務員まで合わせたら大人は約五十人。合計で七百五十人は超える」

「みんな篠崎くんのことは知っていたし、全員が犯人の可能性があるよね……」

「ま、絞れなくはないけど。篠崎良哉は、特にこれといった部活動もやっていなければ、委員会にも所属していなかった。関わる機会がほとんどなかった一年生二年生は、ひとまず除いておいてもいいだろ。篠崎良哉と接触していたら、目立つしな」

これで暫定四百八十人が消える。

「それでも三百人近くいるんだぜ。どうするかね」加藤さんは頭の右側をがりがりと掻《か》いた。「なんか意見あるか、来光福音」

「え、えっと、私？」

授業中に突然指名されたときのように、痛いくらいに心臓が跳ねた。

「ほかに誰がいるんだよ」

私はこめかみに手を当てて、ううんと唸《うな》る。意見なんて大それたものは、何もない。

「えっと、ちょっと待って……」

「別に、考えるのに時間を使う人間を見てるのも、おもしろいけどさ」

「ええ……」

まだ考えがまとまっていないのに、加藤さんの存在の圧力に押されて口を開いていた。

「……犯人は、篠崎くんに恨みを抱いていたんだよね？　殺そうと毒を飲ませるくらいに」

「手紙にはそう書いてあるな」

「だとしたら、犯人はその死にざまを見たいと思うのかも……。だから、えっと、あの日、犯人は篠崎くんのすぐ傍《そば》にいて、彼を見ていた可能性もあるんじゃないかな」

私はだんだんうつむいて、最後には床を見つめて話していた。その視界の上端で、加藤さんの唇が吊《つ》り上《あ》がった気がした。

「なるほどな」彼女は明朗に言う。「さすが文学少女。人の気持ちに敏感だ」

人の心が読める女には敵《かな》わないと思う。

「アリかな……？」

「ま、篠崎良哉が指名したのも、あながち買いかぶりじゃなかったってわけだ」

鋭いじゃん来光福音、と機嫌良さそうにペンを振る。

「事件当日、十四時五十分に模試が終わって十六時四十三分に轢かれるまでの約二時間に何があったのか、まだはっきりしてない。けど、少なくとも、犯人が毒を飲ませたこと、篠崎良哉が遺書や手紙を書いたことは確かだ。おそらく、その後の時間、犯人は篠崎良哉を監視しようとしただろう。毒を飲まされたと言いふらされたら終わりだからな。となれば、自然、犯人は篠崎良哉の死んだ現場にまで行ったことになる。どっちにしろ、現場で篠崎良哉を見ていたんだ」

マシンガンのように言葉が出てくるので、提案した私のほうが、あっけにとられていた。もしかして、わざとわからないふりをして私に意見を言わせたのかな、なんて考える。

「まずは、篠崎良哉が死んだときに駅にいた人間をリストアップすることからだな。ホームにいて、篠崎良哉が飛び込むとこ見てた奴」

「どうすればわかるかな。駅のビデオの映像を見せてもらうのは無理だよね？」

「目撃者なら一人知ってる。派手だからな」

「派手？」

「まずはそいつから。だけどその前にひとつ問題がある」

私は首をかしげた。加藤さんは言う。

「場所。校舎に人が多いと、ここじゃ秘密の話はしづらい」

「誰も来ないと思うけれど……」

「声が響くんだよ」

なるほど、と私は頷いた。

今週の水曜から、学校は夏休みに入る。とはいえ、進学校が四十日も生徒を遊ばせておくわけがなく、お盆前後を除いて、半強制的な補習授業が詰まっているのだ。

せめてもの良心か、先生方も休みたいのか、はたまたそういうきまりでもあるのか、授業自体は午前中で終わる。午後には、教室に残って勉強をしていた三年生が、三々五々帰っていくのだ。誰かが昇降口へ降りていくたびに警戒していては、たしかに煩わしい。

加藤さんは頭を掻いて天井を見上げると、勢いよく息を吐いた。

「どこにすっかな――秘密基地、もうひとつ作るべきかね」

「秘密基地って……。つまり、静かにお話しできる場所ならいいんだよね？」

「別に静かじゃなくてもいいさ。誰にも聞かれてなければ。木を森の中へ隠すか、それともコンクリで覆うか、そういう話。木が見えなきゃいいわけ」

その言い方でいえば、ここは、ほかの植物が死に絶えた高山のようだ。

「そういう場所なら、都合ができるかも。文芸部の部室を貸してもらえると思う」

「ああ、あの子ね」加藤さんは二度三度と頷いた。「あんたの仲良し、松戸《まつど》綾、文芸部」

「加藤さん、なんでも知っているんだね」

「たまに教室に座ってるだけでも、噂話は嫌というほど耳に入る。じゃ、来光福音、あんたは火曜の午後に文芸部占領できるようにしといて」

明日月曜は海の日でお休み、その次の二十二日火曜日が終業式なのだ。

加藤さんは単語カードをまとめて、白紙のものも一緒くたにリングに通すと、立ち上がった。私は長身の彼女を見上げる。

「どこへ行くの？」

「行くっていうか、帰る。作戦会議終わっただろ」

私は、ぺたんこの鞄を慌てて拾った。加藤さんはもう階段を下り始めている。

「それにしても、声が響くのに秘密基地にしているなんて、ここがよっぽどお気に入りなんだね」

「べつに、誰とも話さないから」

「……あ」

たしかに、彼女が誰かと話しているところを、見かけたことがない。

加藤さんは階段の手すりをするすると撫《な》でていく。

「誰も来ないから静かでいいぜ。授業ばっくれて、本読んだり昼寝したりさ。——こっち」

三階まで降りると、加藤さんは階段室から廊下へと出た。私も自然とついていく。右には渡り廊下と水飲み場、左には三年生の教室が並んでいる。

一組、二組、三組。ここまでが文系クラス。続く四組から六組が理系だ。

二年生に上がるときのクラス替えで、希望により文系と理系に分けられる。その次の春には、文系理系それぞれ、成績順に数字の早いクラスへと入れ直される。つまり、三年一組と四組が、選抜クラスだ。

当然、文系の加藤さんは三年一組で、篠崎くんと、もう一人の天才・渡部《わたべ》くんは理系選抜の四組である。そして私は二組。

彼女は四組の教室に入っていく。私は入り口で立ち止まった。なんだかそのほうが、正しい、私に許されている振る舞いだという気がして。

彼女は、窓から溢《あふ》れる夏の光の中、机の間を軽やかに進んでいく。

篠崎くんの席は、正面に向かって左から三列目、前から四番目の位置にあった。花が供えられているから、すぐにわかる。

その前に回り込んで、彼女は立ち止まった。

「そんなとこで何してるの、来光福音」

何気ない口調だったのに、私はまるで射貫かれたような気分になった。反射的にぽんと足を出して、歩き出してしまう。

私が近づくと、加藤さんは視線を篠崎くんの机に戻した。

机の上には花瓶が二つ。片方は上品な、どっしりした桜色の焼き物で、わずかに萎《しお》れかかった、多種多様の花が挿してある。

もう一方はガラス製の花瓶で、赤い薔薇《ばら》が活《い》けられていた。一輪挿しに近い容積と細さのせいか、薔薇はたったの三本で、そのうち一本はまだ咲きそうにない蕾《つぼみ》だ。

加藤さんはその蕾をくすぐって言う。

「来光福音、これ、見たことあるか？」

「薔薇でしょう？」

「そうじゃなくてさ——こっちの豪華な花束は、学校からなんだ。生徒会規約にもあるとおり、一応、予算は生徒会から出てる。これは火曜日に置かれた」

篠崎くんの手紙を受け取った翌日である。五日前のことだから、花弁の端が茶色っぽくなっているのも頷ける。

「んでもって、こっちの薔薇のほうは、月曜から置いてあった」

「そのわりには元気だね」

「あたしの見たところ、二回は花が活け替えられてる」

「えっと、この一週間で？」

「そ。で、毎度赤い薔薇。必ず蕾がひとつ。ロマンチックなことだろ。誰が活けてんのか、知らないけどさ」

加藤さんは隣の机に腰かけた。お行儀が悪い。

「篠崎くんが好きだったとか、思い出の花だったとか……」

「もしくは花言葉か。愛しています、だっけ。死んでから告白ねえ」

「篠崎くん、人気者だったから……」

それから沈黙が落ちて、私たちは二人して、篠崎くんの机を眺めていた。

机の中は空っぽだ。急傾斜で教室に入ってくる太陽の光が、塵《ちり》をダイヤモンドダストのようにきらめかせている。

篠崎良哉は天才だった。

勉強では、塾にも通わず、かといって家でもまったく勉強せず、それなのに全国の進学校生が受ける模試で、軽々と十位以内に入ってしまう優秀さだった。ここまでは、加藤さんたち、つまり残り二人の天才と同じだ。東高三人の天才は、ろくに勉強をしなくても全国トップの成績をとれてしまう頭のいい人たちのことをいうから。

篠崎くんがその中でも飛びぬけていたのは、運動や芸術でも人の数倍優れていたからだ。

春先に行われる体力テストでは、ほとんど全種目で満点をとり、毎年賞状をもらっている。体育祭のリレーでは花形。美術の授業で絵を描けば片端から賞をとってくるし、音楽だって吹奏楽部顔負けの成績なのだ。しょっちゅう表彰式で名前を呼ばれるものだから、下級生もすっかりその名前を覚え、三人の天才の伝説とともに知れわたっている。

そして、何より、その人格。

誰にでも公平に接し、いつも笑顔で、気さくで、自分の並外れた優秀さを自慢したり誰かを見下したりなんて、一度もしなかった。親切で、優しくて、堂々としていて、弱きを助ける。道徳のお手本みたいな人だったけれど、誰も敬遠しなかった。彼が、ただの優等生でも、取り繕った善人でもないことは、雰囲気ですぐに察せられたからだ。

授業中は必要な場面で先生をたすけるので、教師陣からの評判もすこぶるよかった。

彼の死が学年を超えて爆発的大ニュースになったのは、彼がそれだけの人だったからなのだ。

「すごい人だったよね、篠崎くん」

加藤さんは鼻を鳴らしただけで、何も言わなかった。

東高三人の天才同士、仲がいいという話は聞いたことがない。篠崎くんの人柄の良さもあるから、険悪だったはずはないと思うけれど、きっと接点がなかったのだろう。

「なあ、来光福音。これさ、思ったより大変だぜ」

「うん……」

「あたしがこの一週間考え続けても事件の真相がわからない。情報が足りてないにしても、不可解な点が多すぎる」

「加藤さんでもそんなふうに思うことがあるんだね」

言ってしまってから、失礼だったかもしれないと心配になったけれど、彼女は、怒るより話を終わりにすることを選んだようだった。

「ま、調べられるところから調べていくしかないけどさ。あの日あの現場に犯人がいた可能性が高いんだから、さっさと見つけちまおうぜ。動機なんて、犯人に訊けばいいだけだし」

加藤さんは机から飛び降りる。身軽に両足をつけて、すっと背筋を伸ばした。

「さ、捜査会議はこれで終わりだ。どうする、来光福音」

「えっと、私……」

一緒に帰ろうと遠回しに言われているのが、一種野性的な勘で察知できた。咄嗟《とっさ》に言い訳を探す。今日は休みだ、勉強をして帰ることも、図書室に寄っていくこともできない。

「いいよ」加藤さんはあっさりと言った。「あたしはしばらくここで本読んでくから。先帰れば」

私は安堵《あんど》が顔に出ないように気をつけながら、それじゃあ先に帰るね、と早口に言った。

教室を出るときに振り返ると、加藤さんはまた机に腰かけて、窓の外を眺めていた。昇降口まで戻り、靴を手にしたときになって、ようやく私は、もしかしたら加藤さんを置いてきたのは間違いだったのかもしれない、と思った。最後に見た、窓の外を眺める横顔は、影になっていてわかりづらかったけれど、どこか無味乾燥な表情だった気がする。寂しそうなんてものじゃない、もっと抜け殻に近かった。

——別に加藤さんだからじゃない。

そんなに仲良くない子と一緒に帰ることになりそうだったら、言い訳を探すのは普通だ。今まで何度かそうしたことがあるし、よくあることだからこそ、加藤さんも気を利かせて先に帰れと言ってくれたのだろうし。

心の中で言い訳を並べ立てながら、私は、天才から逃げ出してしまう自分の不甲斐《ふがい》なさにため息をついた。

これで二度目だった。

レミニセンス・JW

「これ、おもしろい?」

ノートから顔を上げる。篠崎良哉が、いちばん上に積まれた本をぱらぱらとめくっていた。

「なんの本? 宇宙物理?」

見ればわかる、と目で言って、俺は書きかけの式に意識を戻す。手持ち無沙汰を解消するために、延々と計算を続けている。それに、こうしていれば、篠崎良哉以外の人間は話しかけてこない。どうせうまく受け答えができないのなら、放っておかれたほうがずっといい。

「うーん、よく分かんないな。宇宙の始まりについて?」

「宇宙の拡大する速さについて」

「ふうん」

五月、中間テスト初日の放課後、物理室は静かだった。

真上は音楽室にあたるが、定期試験が終わるまでは部活動は行われない。

初夏の太陽は天頂を三十度過ぎたあたりで、体育館や武道場の屋根へ光を注いでいた。

外が眩《まぶ》しいせいで、室内がよけいに薄暗く、静かに感じられる。

「不思議だよね、宇宙って。行ったことがある人なんてほとんどいないのに、そこに本当に存在しているって、みんな信じてるんだ」

「宇宙が存在する証左は地上でも手に入る」

「それはそうなんだけどさあ」

篠崎は本を専門書の山に戻すと、頭の後ろで手を組んで、また窓の外に目を向けた。

こいつが俺に会いにやってくるのは、吹奏楽部の練習がなく静かで、青空が見える放課後だけだ。そんな日には俺が放課後にもここへ来ることを、知っているからだろう。最初は二年一学期の終わり、期末試験前の部活動停止期間中だった。あれ以来、条件に合った日には、何をするでもなく、世間話のようなものをぽつぽつとして時間を潰していく。

――もうすぐ一年か。

俺は鉛筆を置いて、右手の指の関節を鳴らした。

「飽きないね、渡部。楽しい？」

防火加工の施された机を挟んで、篠崎良哉が笑いかけてくる。

「――やろうと思えばできるだろう」

「僕にも？　そうだね、やろうと思えば」

そして、嬉しそうに笑った口の端に人差し指を押しつける。照れ隠しというものなのかもしれない。

「……そういえばさ、渡部は先月の模試、どうだった？」

「結果は廊下に貼ってある」

「見たよ。点数と順位はね。ここ数回、加藤が後れをとり気味かなあ。心配だよね」

どうでもいいと思ったので俺は黙っていた。

「渡部は国語で点を削ってたね。どこ間違えたの」

「大問二の問3と問6」

子どもだましのクイズだ、と思いながら解いたくせに、問題番号まで覚えている自分がうらめしかった。

「ふうん。たしかあれだ、登場人物の心情を答える問題。渡部さあ、前から思ってたけど、模試のとき、わざと間違えてないか」

「——は？」

篠崎はまつげを伏せ、「だって渡部が満点をとれないわけがない」と節をつけて言う。

「だから、わざとじゃないかなと思ってた」

「そんなことをする必要がどこにある」

「僕たちに手加減してくれてる」

くだらない、と吐き捨てた。

俺はまた計算の作業に戻る。

篠崎良哉はもう何も言ってこなかった。こいつは引き際をわきまえているのだ。そうでなければ、俺はとっくに別の部屋へ移動しているだろう、おそらく。そもそもこいつ以外に俺に話しかけようとする者もいないから、比較検証はできないが。

しばらくの間、物理室は静かだった。鉛筆とノートが摩擦を起こす音しか聞こえない。

ここは静かで、人も来なくて、誰のことも考えなくて済む。計算も同じだ。物理学のことを考えていれば、あるいはそんな本を読んでいれば、没頭することができる。教室がどれほど騒がしくとも、よけいなことは耳に入ってこない。静かでいられる。

やがて計算を終え、先達の宇宙物理学者の回答と答え合わせをしようと、脇に積んだ本に手を伸ばした。

「新学期になってさ」

びくりと動きを止める。篠崎良哉だ。存在を忘れかけていた。

正面に顔を向けると、篠崎は、俺に忘れられていたこともわかっているといわんばかりに頷いた。

「また同じクラスになったよね。右梅《みぎうめ》さんと渡部と俺と、三年間同じクラスだ。渡部の席、相変わらず賑《にぎ》やかだろう」

「なんの話だ」

「右梅さんはずっと渡部の前の席だったろう？　今年も相変わらず、草野《くさの》さんが右梅さんのところに通ってきてるから、去年とあまりかわりばえしないよね」

右梅咲江《さきえ》はたしか学級委員長だ。そのはずだ。去年のことか今年のことか、毎年その役でいるのかは知らないが、そうだった気がする。草野というのは知らない。

「渡部は本当にほかの人間に興味がないね」

「向こうもこっちに興味がないからな」

同じことだ。同化できないなら、どちらにしたって結果はかわらない。どうせ一人でいるのなら、失望されるより、天才だからと距離を置かれるほうが、よほど楽だろう。

そんなことを考え、机に向かい続けているうちに、誰にも声をかけられなくなった。

静かでいい。ただ、この先一生このまま生きていくのか、と胸が苦しくなる感覚だけは、消えなかったが。

「渡部もそのうち気がつくだろうけど、やっぱりそういう形の孤独は苦しいと思うよ。生きていけなくなる」

だからこいつはいつも、凡庸で排他的な同級生たちに囲まれているのだろうか。

俺は答える。

「天才と呼ばれる気持ちがわかるのは、天才だけだ」

そして、俺が人を遠ざける術は、こいつには効かない。天才同士では、俺も天才を言い訳にできないからだ。

「そうだね……」篠崎は窓の向こうへ視線を向けた。「僕が天才だと認めてもらいたかった相手は、結局、渡部たちみたいな天才だったのかもしれないな」

それでもたまに思うんだ、とひとりごちる。

「宇宙が空のままだったら、僕らは幸せだったろうにって」

俺は、どういう意味だ、と訊こうとしてやめた。篠崎良哉が曖昧で抽象的なことを言うのは、切実に言いたいことがあるのに、それを伝えるべきではないと悩んでいるときだからだ。

篠崎は目を細める。

「もう疲れたね」

独り言のような言い方だった。俺は口を閉ざしている。

「最近、困っていることがあってさ。ずっと考えてるんだ。……話を聞いてくれないかな、渡部」

物理室の窓際で、西洋の宗教画に描かれる天使のようにカールがかかった髪が、日光に透けていた。

第三章　七月二十二日（火）

「どうして……」

最後まで言えずに綾ちゃんは絶句した。

終業式が終わって可もなく不可もない通知表を受け取り、綾ちゃん同伴で南校舎二階の文芸部室へ赴くと、すでに扉が開け放たれていたのだ。部屋の奥、窓を背にして、加藤さんがふんぞり返っている。

「来光福音がなかなか来なくて暇だったからさ」

手をひらひらさせて、加藤さんは笑った。

三年二組は担任のスピーチが長かったのだ。

「ほら、ここ、ダイヤル式南京錠《なんきんじょう》だからさ、いけるかと思って。やってみたらいけたわけ」

綾ちゃんはドア枠のへりに摑《つか》まって、猛獣を見るかのように目だけ覗かせている。そうしたくなる気持ちは、私もとてもよくわかる。

「加藤さん、番号、当てたの……」

「一発でな。四桁の数字だぜ？　天才でなくたって開けられる」

そもそも普通は、部員に先んじて、施錠された部室を突破しようとは思わない。

「番号変えなきゃ……」

加藤さんはゆっくりと綾ちゃんのほうへ顔を向けると、にやりと笑った。楽しそうだ。

「勝負なら受けて立つよ。楽しみだね」

巻き込んでごめんね、綾ちゃん。

□

「草野由美《ゆみ》。知ってるか？」

綾ちゃんが逃げるように教室へ戻っていくと、私と加藤さんは長机にお昼ご飯を広げた。文芸部室は、ボロボロになった文庫本が一ダースに、色褪せた文芸部誌が棚に散らばっているだけの、小さくてがらんとした小部屋だった。埃《ほこり》っぽい。

「草野さんって、吹奏楽部の？」

「そ。吹奏楽部でホルン吹いてる。クラスは三年三組。背の低い女子」

背が低いなんて、特筆すべき特徴ではない。

私が口を尖《とが》らせると、加藤さんは言った。

「大丈夫、来光福音のほうが背が低いよ」

なんて意地悪だ。

私はちくりと反抗心が疼《うず》いて、彼女が丁度メロンパンを齧《かじ》ろうとしたところで言った。

「いつもコンビニのパンなの？」

加藤さんは私の母手製のお弁当を見て、目を細める。

「——スーパーのときもある」

おんなじではないか。

私は玉子焼きを箸で一口サイズに切った。

「体に良くないよ」

「ブドウ糖があれば脳は働くんだからいいんだよ。べつに、家じゃ野菜だって食べるんだし。それより、草野由美だ」

話が戻ってきた。

「派手だったから知ってるだろうけど、草野由美は篠崎良哉に惚《ほ》れてたんだ」

「派手に惚れているって、どういう事態？」

私は真面目に訊いたのだけれど、加藤さんは盛大に噴き出した。口にメロンパンが入っているときでなくてよかったと私は思う。

それでもあんまり笑い続けるものだから、私は席を立ちたくなるのをこらえて、憮然《ぶぜん》としてお弁当を食べ続けた。

「人間って時々、こういうおもしろいこと言うからなあ」

加藤さんは天井を仰いで悶《もだ》えている。

「もしかして、加藤さん、笑い上戸なの？」

「来光福音が笑わせたんだろ。あたしが笑ったんじゃない」

なんて理屈だ。

ペットボトル入りのミルクティーを喉に流し込むと、加藤さんはようやく真面目な顔を取り戻した。思った以上に感情豊かな人なのかもしれない。

「草野由美は一年の頃から篠崎良哉に惚れててさ、死んだときにはそりゃあもう派手だったわけ」ここでまた、笑いをこらえて変な顔になる。「本人もそれなりに賑やかなほうだから、よけいにさ。ま、見りゃわかる。今から来るから」

「その、草野さんは目撃者なんだよね？　好きな人を亡くしたばかりの子に、その人が死んだときのことを訊くというのも、少し残酷じゃないかな」

「傷ついたなら傷ついたほうが悪いんだって」

「それは……ちょっと……横暴じゃない？」

こんこんと二度、ノックの音が聞こえた。隣の部屋のものかと思うくらい、弱々しい響きだった。

「どーぞ」

加藤さんが返事をする。扉が開いて、草野さんが姿を現した。

なるほど、たしかに派手である。目は充血してウサギのように真っ赤、目の周りも腫れ上がり、小さな顔全体を涙で濡《ぬ》らしている。手には夏だというのにあかぎれができていた。

ちなみに、篠崎くんが亡くなった日から、十日が経つ。

「良哉君の話って、なあに？」

かわいらしくてよく通る声だった。

私は立ち上がって傾いたパイプ椅子を引いてみせたけれど、草野さんは戸口に立ち尽くしたままだ。三年四組に入れなかった日曜日の私と、少し似ている。

「開けっ放しにしてたら話聞かれるだろ。入れよ、草野由美」

加藤さんの声に引っ張られるようにして、彼女は部屋に踏み入った。が、椅子には見向きもせず、もう一枚の扉になろうとでもするみたいに、まっすぐ立っている。

「良哉君の話って、何？」

「篠崎良哉が死んだときの状況を、詳しく聞かせてほしい。篠崎良哉が死んだときにホームにいた人間、その配置。死の当日、篠崎良哉の様子におかしなところはなかったか。あんた、あいつに惚れてたんだったら、何か気づいたことがあるんじゃないか」

声や言葉に質量があるなら、加藤さんの言葉はいつだって重量級だ。おまけに直球で、ときに剛速球だ。

その鉛の砲丸が草野さんのか細い体を直撃し、受け止めきれずに彼女が割れるのが、見える気さえした。彼女は返事もできずに体を震わせる。

私は加藤さんを振り返った。

「待って、加藤さん、もう少しゆっくり、ね」

「傷つく奴が悪いんだよ。さっきも言っただろ」

こんな態度で、よく人の心が読める女だなんてあだ名をつけられたものである。

「傷つくほうが悪い……」

蝶《ちょう》の羽音のような小さな小さな声で、草野さんは呻《うめ》いた。

「草野さん、ごめんね。加藤さんもそういうつもりじゃなくて……」

私は慌てて立ち上がったけれど、時すでに遅し、草野さんは小さな手でドアノブをぐわしと掴み、外へ踏み出していた。振り返りざま、そのよく通る声で怒鳴る。

「傷つくも傷つかないもないわよ！　あたしがどれだけ泣いたと思ってるの？　ねえ見てよ、目が真っ赤なの！　毎日泣いてるんだから。良哉君のことなんにも知らないくせに野次馬みたいに騒いで、そんな人たちにはわからないわよ。あたしは本当に良哉君のこと好きだったんだから。ねえ、本当に好きな人が死ぬところを見たの、気持ち想像できる？　何が傷つくほうが悪いよ。デリカシーなさすぎ。ほんとに人間？　いくら頭良くてなんでもできても、ひとの気持ちもわからないなんて、人として最低。良哉君を少しは見習ったら？」

一気にまくし立てて、言いきるなり、ばんと扉を叩《たた》きつけて出ていった。

安っぽいスチールの扉は閉まりきらず、ゆっくりと隙間を広げながら、荒々しい足音が遠ざかっていくのを私たちに聞かせていた。

「筒抜けじゃん」

加藤さんの第一声はそれだ。

「……自業自得って言葉、知ってる?」

私は扉を閉めると、ガタつくパイプ椅子に座った。加藤さんは退屈そうに頰杖《ほおづえ》をついている。人の心を読めるかどうかと、読んだ結果気遣うかどうかは、まったく別の問題なのだろう。

「でばなを挫かれたな。どうするかね」

「加藤さん。心を痛めている人に直截的《ちょくせつてき》な言い方をするのは、まずかったと思うの。ほかの人に訊くにしても、やり方を変えないと同じことになるかもしれないし」

「大丈夫だって」加藤さんは不敵に笑った。「あたし天才だし」

「天才だって失敗はするでしょう」

「しないんだよ、それが」

加藤さんは立ち上がって大きく伸びをすると、機密保持のためと閉めきっていた窓を開けた。

「なあ、来光福音。特段特技もないあたしが、天才って呼ばれてる理由、わかるか?」

「とても頭がいいからでしょう?」

「IQ高いからといって頭がいいとは限らない。社会的な経験があれば頭いい奴に昇格できる。けど、頭が良くても天才にはなれない」

「何があればいいの?」

「プロセスの欠如」

窓からの逆光になって、加藤さんの表情がよく見えない。

「たとえば、テストを受けたときにさ、とりあえず問題解けるじゃん。けど、それがどうして解けるのかよくわからない。でも、思いついた答えが大体合ってるんだ」

加藤さんは窓辺から戻ってきて、食べかけのメロンパンを再び手に取った。ビニール袋をがさがさ鳴らして、がっと口を開ける。

「たぶん、きれぎれの授業や周りの会話、テレビや本で得た知識を使って、無意識下で考えてるんだ。安定しないから、一問か二問は取り逃がすけど、勝手に正解がわかって勝手にいい点とれるんだから、勉強の仕方を知らないのも当然じゃんか」

私は手元のお弁当を見下ろして呟《つぶや》いた。

「今まで、天才がどういうことなのかなんて、考えたこともなかったよ……」

「努力せずになんでもできるって点では、あたしと篠崎良哉は近いのかもね。渡部純一《じゅんいち》も教科の勉強はろくにしてないけど、あの点数をとった上、得意分野の勉強をひたすら続けてる」

「たしかに、いつ見ても難しそうな本を読んでいるけれど……」

彼は物理が得意なことで有名だ。同じクラスだった一年生の頃にも、いつでも自分の席で静かに本やノートに視線を落として、その世界に入り込んでいるようだった。

そういう意味では、渡部くんと加藤さんのほうが似ている、と私は思う。人と関わらず、自分だけで完結している。それとも、そう見えるのは私が凡人だからだろうか。天才同士ではまた違って見えるのだろうか。

「だから、一見、うまくいくようなプロセスを踏んでいなかったとしても、なぜかうまくいくから心配ないの。そういうこと」

空になったパンの包装を白いレジ袋に突っ込んで、加藤さんはまた伸びをした。

「とりあえずさ、草野由美は悲劇から抜け出すまでほっとこう。別の人間をあたるぞ」

「誰かほかに、あの日ホームにいた人を知っているの？」

「いいや、全然」

加藤さんって、実は相当楽観的な人なんじゃないだろうか。

「ま、だからそれを捜すわけ。明日までにちゃんと見つけとけよ」

「私が捜すの？」

加藤さんは席を立った。

「当然あたしも捜す。あんたも捜す。篠崎良哉に指名されたんだ、せいぜい役に立ってくれよ。文学少女らしく想像力働かせてさ」

そして出ていく直前、くるりと振り向いて、知ってるだろ、と言った。

「想像力は人類を救うんだ」

第四章　七月二十三日（水）

「フクちゃん、あの加藤さんとよく会話できるね」

綾ちゃんはげんなりした様子で言った。お昼ご飯のために机を動かして、彼女の席と隣の男の子の席とを向かい合わせにしているところだった。

「そうかな……」

私は彼女との会話をあれやこれやと思い返してみる。

「でも、必要があるから話してるだけだし、やっぱりちょっと緊張するし……」

「必要って？」

「え」

「加藤さんと話す必要って、なに？　フクちゃんと加藤さんって、何の関係もないよね？」

そうだった。綾ちゃんは何も知らないのだった。

「ちょっと二人で調べることがあって……」

「それってフクちゃんじゃなきゃダメなの？　なんで？　なんでフクちゃんなの？」

「文学少女だと思われているから……だと思うんだけれど」

綾ちゃんは納得していないようだった。この雰囲気のままお昼ご飯を食べるのは嫌だなあ、などと思いながら、私はお弁当包みを取り出す。綾ちゃんの好きなアイドルグループが出てくるテレビ番組、昨日だっけ。その話を振ろうか。などと考えていると、噂をすればなんとやら、加藤さんの声が飛んできた。

「来光福音！」

みんなが机を移動させたり教室を出ていったりする中を一直線に歩いてきて、誰にもぶつからないのが不思議だ。

「次だ、次」

視界の隅に、もごもごと何か言いながら逃げていく綾ちゃんが見える。

「なんのお話？」

「次に事情聴取する目撃者だよ。何か情報摑んだか？」

加藤さんは声量を落としてそう言う。近づいた拍子に、彼女の長い髪が私の二の腕に触れた。

「半日で見つけるなんて無理だよ……」

その半日だって、ほとんどが補習授業だったのだから。

「使えないなあ。ま、あたしが一人、また派手なのを見つけてきたから、そいつを——」

「ちょっといい、加藤さん」

突如、響きのいいハスキーな声が割り込んできた。

謹厳実直そのものといった顔つきの女の子だ。怒り肩の長身で、眼鏡をかけている。よく日焼けしたような肌の色が、夏らしい。

加藤さんが片手を挙げた。

「よお、右梅咲江」

彼女のことは私もよく知っている。一年生のときには同じクラスだったし、それでなくとも、吹奏楽部の部長で、成績優秀、運動もそこそこ、そして学級委員長体質とくれば、学年でも有名人の部類に入るのだ。

「加藤さんに話があるんだけど」

なんでこの子が一緒にいるんだろうという疑わしげな目が、ちらりと私に向けられる。

私は最初から加藤さんと話してなんかいなかったかのような雰囲気で、一歩さがった。鞄の中身を検分して、まるきりの別作業中ですよというアピールをする。

「で、なんの話だよ、右梅咲江」

「昨日、うちの由美を呼び出して、何か聞き出そうとしていたみたいだけど」

私は鞄をかき回す手を止めて、顔を上げた。

加藤さんは、ふうんと顎を反らす。

「朝っぱらから三年四組まで行って部長に泣きつくなんて、ずいぶんなご傷心っぷりだよな、草野由美も。ホームルームが始まるっていうのに自分のクラスに帰ろうとしなかったし」

「……見てたの」

「見なくたってわかる」

右梅さんは一瞬ひるんだけれど、加藤さんの色素の薄い目を見据え、飄々《ひょうひょう》とした態度を正面から切り崩そうとするように、詰問した。

「なぜ良哉のことを調べてるの」

加藤さんのほうがわずかに背が高い。見下ろすような見下すような目の細め方で右梅さんをじっと眺め、すっかり冷徹な声音で返した。

「それが篠崎良哉の遺志だからだよ、右梅咲江。あんたの知らないところで海流はうねるんだ」

「良哉の遺志だなんて適当なことを言って勝手をするのは、やめたほうがいいわよ」

「それが勝手じゃないんだなあ。遺書はひとつじゃなかったわけ」

あの手紙のことを言ってしまっていいの、と私は慌てて加藤さんを見上げた。

右梅さんは加藤さんに詰め寄る。

「どうしてそんなこと、加藤さんが知っているの」

「あたし宛ての手紙だったからさ。簡単な話だろ」

「それ……その手紙、見せて」

加藤さんは意地悪く笑った。

「んなこと言われてもね。あんたには関わりがないんじゃないか？」

「あるわ。良哉とは中学から一緒だった。由美だって傷ついてるし……。それに、私も事故の現場にいたもの」

わあお、と私は心の中で感嘆の声をあげた。いきなりストライクだ。

加藤さんは驚いた様子も見せずに畳みかける。

「じゃ、交換だ。互いに相手の求める情報を持ってる。それでちょうどいいだろ。来光福音、あたしらの取引に必要なものは？」

唐突に話を振られて、私はうろたえた。右梅さんも、私がまだここに突っ立っていることに気がついて、困惑した表情をしている。

「え、な、なんだろう……情報かな」

盛大にため息をつかれた。

「話、聞いてなかったわけ？　情報はお互いに持ってる。問題の前提条件だろ。答えは、誰にも盗み聞きされず姿も見られない環境」

文芸部室を押さえろと言っているのか。

「それなら」と右梅さんが言う。「明日の朝、まだ誰も来ないうちに、自習室に来ればいいわ。毎日、昇降口が開くと同時に来て、朝練がない日はそこで勉強してるから。事件現場の様子だけでいいのよね？」

早朝から自習だなんて、さすが、部活も勉強もできる人は努力家である。

加藤さんは、信じられないとばかりに顔面筋を引き攣《ひつ》らせている。かわりに私が言った。

「それじゃあ明日、みんなより早く登校して自習室に行くね。……ああ、この人のことは気にしないで」

□

「やけに必死だこと」

右梅さんが三年二組を出ていった後で、加藤さんはぽつりと漏らした。

「由美が由美がってうるさかったな」

「仲がいいんだね」

「草野由美と右梅咲江なあ。仲が良いというか、なんというか」

私は加藤さん越しに、教室の向こうからこちらをちらちらうかがっている綾ちゃんの姿を見つけて、背筋を伸ばした。もう少し待ってて、と目と小さな手振りで伝えると、彼女は頷いてくれた。

「ま、でも言ったとおりだったろ。昨日の草野由美のことが、こうして新しい被疑者を引っ張ってきたんだ」

「うーん……そう言えなくもないかもしれないけれど……」

「やっぱり天才に間違いはないわけ。明日は右梅咲江だ」

「なんだか吹奏楽部の子が多いね。何かあるのかな」

「多いって、まだ二人目だろ。吹奏楽部は部員数も東高でいちばん多いしな。ところで来光福音、うちの学校が何時に開錠されるか知ってるか？」

私は首を振った。遅刻しないぎりぎりのラインで登校する私には、まったくもって無縁の世界だ。

加藤さんは何も見ずに、歌うようにすらすらと答えた。

「七時。七時に開く。あんたが普段乗ってる電車は田ノ宮《たみや》駅八時十分着。明日乗るべきなのは田ノ宮駅六時四十二分着。つまり城山《しろやま》駅六時二十五分発。来光福音は家から城山駅までチャリだっけ」

さあっと血の気が引いていくのがわかった。

「七時……七時？」

「そ。だからあんたは普段より約一時間半早い電車に乗ることになる。七時三分にこの教室に集合な」

「待って。七時？」

「七時三分」

「か、加藤さん」私は慌てて携帯電話を取り出した。「電話番号、交換しよう！」

彼女は口の端を吊り上げた。

「いいよ。明日の朝五時に電話してやる」

第五章　七月二十四日（木）

私は貧血持ちの上に、低血圧でもあるらしい。

荒い息で階段を上りながら、携帯電話の画面で時刻を確認する。七時十二分。言い逃れのできない時刻だ。加藤さんは怒るだろう。昨日言ったとおり、朝五時ちょうどに電話をかけてくれたのだから。

モーニングコールに出ると、彼女は、朝だ起きろおはよう、とだけ言って切ってしまった。それから二度寝をしなかった私は立派だと思うけれど、それでも朝の時間は普段の倍速で過ぎ去る。気がついたら予定の電車より一本遅らせざるをえなくなっていたのだ。

ふらふらと三階にたどり着く。通りすがりに三年一組をチェックすると、スクールバッグの載った机がひとつだけあった。窓際のいちばん後ろ。加藤さん、すごくいい席に座っている。わざわざ秘密基地で授業をサボる必要なんて、ないんじゃないか。

「遅いぞ。十一分の遅刻だ」

自分の教室に足を踏み入れるか入れないかのうちに、鋭い声が飛んできた。

「おはよう、加藤さん」

「挨拶なら電話でした。まさか二度寝なんてしてないだろうな」

「おかげさまで、なんとか……」

加藤さんは私の机に腰かけていた。教卓の目の前の席。私は机の脇に鞄をかける。外側のポケットから、昨日の学校帰りに買ったばかりのメモ帳を取り出した。

「加藤さん、いつもこんなに早起きなの？」

「まあね。二十時に寝て五時に起きる。九時間は寝ないと頭働かない」

なんて健康的な生活だ。いまどき、小学生だって、そんな時刻には布団に入らない。

加藤さんは、よっと声をあげて、机から飛び降りた。

「朝はいいもんだ。なあ、来光福音。平日、学校でいちばん好きなことができるのは、放課後じゃない。朝なんだよ」

彼女は軽い足取りで廊下に出る。汗が冷えて、私は身震いをした。

「放課後は絶対に人がいる。夜中は夜中で、電気が点《つ》いていたらすぐに怪しまれる。朝だ。朝がいちばん自由だ」

彼女は自習室へは向かわず、三年四組に入った。教室は眠ったようにしんとしている。

「鍵開け当番の事務員以外、ほとんど誰もいない。なんでもできるぜ。誰かの机に手紙を放り込むことも、気になるあの子のロッカーを漁ることも」

加藤さんは両手を広げ、くるりと振り向いた。

「想像したことあるか、来光福音。自分のロッカーがいつの間にか物色されているかもしれないなんて」

彼女は言って、篠崎くんの机を軽く叩いた。載っているのはもう薔薇の花瓶だけだ。三つが蕾、咲いている花が一本。また活け替えられたらしい。蕾が増えている。

「簡単に、そんなことができるのだとしたら」私は胸の前でこぶしを握った。「それは、その人の倫理観が、少しおかしいのだと思う」

反論されるかと思ったけれど、加藤さんは笑った。

「真面目だね」

また軽やかに身を翻して歩き出した。私もそれについていく。

廊下へ出ると、加藤さんはこぶしの側面で二度、ロッカーをノックした。

「それで、これ、篠崎良哉のロッカー。気にならないか？」

廊下に上下二段になって並ぶロッカーは、持ち帰らない教科書や体育の道具類を置いておくためのもので、高さ八十センチ、横三十センチ程度のスチール製だ。

彼女はこちらへ目配せすると、もったいぶった動作でその戸を開いた。

「……何もないね」

「篠崎良哉が死んで四日目、先週の火曜の朝には、篠崎良哉の荷物は全部なくなってた。処分されたんだな」

「捨てられたの？」

「いや、篠崎家で引き取ったらしい。そんなことを教師が言ってた」

引き取った学用品を、篠崎くんのご両親はどうしたのだろう。彼のものだった部屋にそのまましまいこんだのだろうか。そしてその部屋ごと、彼のいた頃のまま封印したのだろうか。棺桶《かんおけ》みたいに。

そんな家で、一体どんな生活を送るのだろう。

「……このロッカーがどうしたの？」

「べつにどうにも。先週の月曜の朝、篠崎良哉からの手紙を受け取ってすぐ、ここと机の中をチェックしたんだけどさ」

処分される前だ。仕事が早い。

「手がかりはなかったな。ページの破れたノートでも残ってれば、来光福音宛ての手紙を書いた跡が見つかったかもしれないんだけどさ。やっぱ持ち歩いてた鞄のほうにあるんだろうし」

ごめんなさい、と私は身を縮ませる。

「ま、手紙の痕跡が残るものを、その辺に放置して死ぬわけないけどな。ロッカーに何もなかったってだけ。――そろそろ行かないと自習室にもほかの人間が来るな」

ロッカーの戸が叩きつけるように閉じられて、金属の耳障りな音が響き渡った。

自習室は南校舎の二階、物理準備室と化学室とに挟まれた位置にある。机や床がつるつるした材質でできているので、どうやらもとは理科系の教室だったらしい。

そこへ向かう間、私たちは一言も口をきかなかった。加藤さんはきっと何かを考えていたのだろうけれど、私のほうはといえば、眠すぎて頭の中が石にでもなったみたいだったのだ。

自習室に着くと、加藤さんは中に人がいるか確かめもせずに入った。

「よお、右梅咲江」

細長い机が、教会の長椅子のような配置で床に据えつけられている。右梅さんはその最前列で、化学の問題集を広げていた。

こちらに気がつくと、腕時計を見て、シャープペンを置く。

「思ったより遅かったわね」

「こっちはこっちで打ち合わせがあるんだ」

加藤さんは遠慮なく机に腰かける。私はそんなことはできないので、離れて立った。メモ帳の最初のページを開いてペンを構える。

「さっそく本題に入ろう、右梅咲江。篠崎良哉の話だ」

「その前に、ひとつだけ知りたいんだけど。あの薔薇を供えたのは加藤さん？」

篠崎くんの机の上に置かれた赤い薔薇。

やっぱり、あれを不審に思っていた人はほかにもいたのだ。

「――あたしじゃない。違う」

「そう、ならいいの」右梅さんはどこかほっとしているように見えた。「まずはそっちの事情を聞かせて。良哉がもうひとつ遺書を残したって本当？　加藤さんに向けたものだったのはなぜ？　それから……来光さんとそんなに仲がいいとは知らなかったけれど」

加藤さんが強烈な流し目を送ってきたので、私は口を閉じている。彼女は言った。

「こいつは助手だよ」

天才の助手。人の心が読める女の助手。

私にも手紙が書かれたことを言うわけにはいかないから、便宜上そう紹介しただけであると、わかってはいても心が弾んだ。自分の存在を天才に認められることが、こんなに嬉しいなんて、思っていなかった。

「秘密保持にかけては一流だから、気にしないでいい。それより、なあ、右梅咲江。篠崎良哉は誰かに恨まれてたらしいんだが、何か知らないか」

「どうしてそんなこと、わかるの」

「本人が手紙にそう書いたからだよ、右梅咲江。僕は殺されるんですってさ」

「その手紙が偽物かもしれないでしょう。見せてもらうまでは信じられないわね」

強引な加藤さんと、意地を張る右梅さんの、それぞれの重たいエネルギーがぶつかる。

加藤さんはふっと笑って天井を仰いだ。

「見せられるものなら見せてやったんだけどなあ」

残念そうな仕草で首を振るが、意地悪な表情で台無しだ。足もばたつかせている。

「無いの？」

「すぐに処分しろって書いてあったからな。あたし、意外と素直なわけ」

右梅さんは眉をひそめる。私だってひそめたい。加藤さんが素直とは。

「……いいわ」まるきり信じていないようだ。「それで、その手紙には何が書いてあったのかしら?」

「それがさっき訊いたことだよ。あいつは誰かに恨まれていたらしい。自殺の本当の理由は、人生に疲れたからなんかじゃなくて、誰かの恨みを買ってしまって、それで追い詰められたせいだってさ。それだけ言いたくて手紙を遺した」

「どうしてそれを加藤さんに言うのよ」

「さあね。あたしが適任だと思ったんだろ。頭はいいし、篠崎良哉が死んだところで大した影響も受けないし」

だいぶ話を端折《はしょ》ったなと安心する。私だったらこんなに簡潔に、教えたくないことをさりげなく隠し、顔色ひとつ変えず説明することなんてできない。

加藤さんは机から降りると、右梅さんの真正面に立った。

「そんなことは置いといてさ。右梅咲江、あんたに訊きたいのは二点。篠崎良哉が誰かに恨まれるってことに心当たりがあるか。二つ目、篠崎良哉の自殺当時のホームの様子」

右梅さんは、しばし唇を噛《か》んで考え込んでいたが、やがてため息をついた。

「私が教えてもらえるのはこれだけってわけね。いいわ、あなたたちがその調べ事を大っぴらにはしないのなら、知っていることを話すわよ」

「わざわざ広めるようなもんじゃない。——じゃあまず、篠崎良哉を恨んでいる人間がいたか、だ」

「いなかったわね、私が知るかぎり。良哉が恨みを買うタイプじゃないのは、知っているでしょう」

「じゃ、篠崎良哉が死んだときの状況。あのときホームにいた人間、その位置、様子、その他もろもろ」

右梅さんは少しだけ表情を和らげる。ペンを再び手に取ると、横のスツールに置いた鞄から、白紙のルーズリーフを一枚抜き出す。

その真ん中に横線を引いて、線のすぐ上に「線路」と書き込む。

「私たちがいたのも、良哉と同じ、上り方面のホームね」

と、線の下側をペン先でこつこつと叩く。東高の最寄りの田ノ宮駅は、二本の線路を挟んで上りと下りのホームがあるだけの、小さな駅だ。上りは葉山市方面行きである。

「私は由美と一緒に帰ってたの」

「あんたらクラス違うだろ。模試の後、部活はなかったはずだ」

「相談を受けていたのよ。といっても、いつもどおりの恋愛相談。あの子、良哉のこと好きだから。有名な話だけど」

「有名だな」

「私たち二人は階段を下りたあたりに立って話してた」

右梅さんはホームの真ん中あたりに階段を書き入れた。階段は各ホームにひとつ、この図では左向きに降りるように設置されている。

上りホームと下りホームは、ちょうど線路を挟んで線対称の形である。階段の降り口から数歩進んだ位置に、丸が二つ並んで書き入れられた。線路に向かって右手から上り電車が入ってくることになる。

「良哉は上りホームの階段の脇に立ってた。少し陰になっていたけど、黄色い線のすぐ内側にいたから、私たちからも見えた」

彼女は、二つの丸から少し右に行ったところ、階段とホーム際との間の狭くなったところに新しく丸を書く。

「声、かけなかったわけ。あんたと草野由美は篠崎良哉の話をしてたんだろ。ご本人様が登場したんなら、テンション上がるんじゃないのか」

右梅さんは笑った。

「駅に着くまでずっと話していたのよ。さすがに良哉の話も終わって、部活や受験の話になってた。でも、やっぱり良哉を見つけたときには喜んで、由美、背中を叩いてきたわね」

加藤さんは首をかしげる。

「そこで話しかけに行かないわけ」

右梅さんははにかんだようにちょっと視線を落として、今度は苦笑した。

「さすがに、私をおいてまでは行かないわよ。そういうものでしょう」

加藤さんは納得いかないというように首を捻《ひね》っているが、私にはよくわかる。友達をないがしろにしたら、たちまち信用を失って、ひとりぼっちになってしまうだろう。

「まあいいや。あんたら二人と篠崎良哉は少し離れたところにいた。ほかの人間は？」

「全員、私の知っている人だったと思うわ。東高の人たち」

東高の人。

私と加藤さんは顔を見合わせる。手紙に書かれていたのと同じ表現だ。

「東高の人たちってことは、生徒以外もいたわけ」

「ミッキーがいたのよ。ホームのどこらへんにいたのかは知らないけど、良哉が飛び込んだ後、集まってきた人の中に見えたから」

ミッキーというのは物理の坂足幹男《さかあしみきお》先生のことだ。面と向かっては呼べないが生徒の間では流通している愛称というものが、えてして先生方にはつけられるものである。

「どのあたりから来たのかは見なかったのかよ」

「私は由美の面倒を見るのに忙しかったのよ。泣いて叫んで、大変だったんだから」

どんなふうに大変だったのか、詳細に話し出そうとする右梅さんを、加藤さんは遮った。

「で、ほかには？」

「大輝《だいき》。知ってる？　二組の三村《みむら》大輝。私、中学が一緒だったんだけど」

「知ってる。精神年齢低そうなお坊ちゃん」

右梅さんはちょびっとだけ苛《いら》つきを頬にはしらせた。それで確信した。加藤さんと右梅さん、相性が良くない。

「大輝もどこにいたかはわからない。でも、良哉が飛び込む前からホームにいたと思う」

「これだけ？」

「私の知るかぎりは」

右梅さんは、肩上で切り揃えた髪を耳にかけ、そう言った。加藤さんはホームの図を指でなぞる。

「知るかぎりってことは、ほかにも誰かいた可能性はあるわけだ」

「そうね。良哉の後ろは階段の陰だったから。斜めになってるけど、人が立てる高さくらいはあるでしょう。もし、私がいなくなるまでずっとそこに隠れていたのなら、私も気づかなかったかもしれない。由美が限界だったから、ちょっとしてから上に戻ったの。改札入った横に、ベンチと自動販売機があるでしょう。あそこでココアを買ってあげた」

「立ち位置不明の三村大輝と坂足幹男が、事故った直後にホームに降りてきた可能性はないか？」

もっともな疑問である。

「たぶんないわね。私と由美が立っていたのは階段を降りたところだし、エレベーターと階段の間だから、エレベーターを使ったんだとしてもわかったはずだもの」

「じゃ、向かい側は？　下りホーム」

右梅さんはちょっと考え込む。

「私たちがホームに降りたとき、ちょうど下りの電車が出たばかりだったというのは覚えているわ。出ていく電車を目で追って、こちら側のホームに良哉が立っているのに気がついたの。だから誰もいなかったはずよ。……絶対とは、言いきれないけれど」

加藤さんの唇が、めんどくさいな、と動くのがわかった。

「ま、いいや。少なくとも、篠崎良哉、右梅咲江、草野由美、三村大輝、坂足幹男は現場にいたってことだ」

それじゃもうひとつ、と加藤さんは机の上に足を上げ、反対側に降り立つと、右梅さんの鞄を床におろして、その椅子に座った。

「篠崎良哉は何か薬を飲んでなかったか?」

右梅さんはぽかんとした顔で加藤さんを見つめた。あっけにとられたのは私も同じだ。

「……薬?」

「そ。どんな種類のものでもいい。薬」

「聞いたことがないわね。良哉は病気を抱えていたの?」

「いや、知らないならいい」

廊下から笑い声が響いてきた。男子生徒の無邪気なふざけあいの声。足音もだんだんこちらに近づいてくる。

廊下のほうへ顔を向けて、加藤さんは言った。

「時間ぎれだ」

「ほかにもまだ何かあった?」

「今日のところは十分だ。せいぜいお勉強がんばれよ。母親も習い事をするのが趣味みたいなものなんだろ。向いてるぜ。じゃあな、右梅咲江」

「どうして母のことを」

「天才はなんでも知ってるの」

加藤さんは机を飛び越えると、私に一瞥《いちべつ》を投げて、出口へ向かった。

「もうひとつだけ、訊きたいことがあるんだけれど。加藤さん」

戸の前で呼びかけられて、加藤さんは振り返った。私の頭越しに右梅さんを見ている。

「犯人を見つけて、どうするつもりなの？」

篠崎くんを殺した犯人を見つけたら？

先生に話す？　警察に通報する？　それとも復讐《ふくしゅう》をする？

――どうするのだろう。

加藤さんは。

「さあね。それこそあんたには関係ないんじゃない？」

そして今度こそ、自習室を出ていった。

特別教室の並ぶ南校舎には、人影がない。彼女は硬そうな茶色っぽい髪をなびかせて、ずんずん歩いていってしまう。

「どこへ行くの？」

脚の長さからして違うので、私は小走りにならざるをえない。

「どこへでも。誰にも聞かれずに話ができるとこなら」

自習室のあった二階から、南西の階段をのぼる。この階段も四階まで続いているが、こちらは吹奏楽部の倉庫と化していた。ステップの両端に放置された段ボール箱からは、衣装がはみ出している。

積み上がった箱の間、一人分がようやく通れるような隙間をすり抜けて、私たちは埃だらけの階段を上がる。屋上の手前のスペースにもところ狭しと荷物が置かれていた。こっちのほうが、加藤さんの根城より、ずっと秘密基地らしい。

加藤さんはしばらく、鉄製の扉の前に立って窓の外を眺めていた。今日も快晴だ。

「なあ、来光福音。屋上に出たこと、あるか？」

「ないよ。小学校でも中学校でも、鍵がかけられていたし、立ち入り禁止だったもの」

「だけど出ようと思えば出られる。職員室から鍵を拝借することも、なんらかの方法でこの錠を壊すことも、不可能じゃない。簡単にできるんだ」

それからこちらを振り返り、私が反応に困っていることに気がついたのか、なんでもいいや、と笑った。少し寂しそうだった。

「それで、作戦会議だ」

加藤さんは屋上へ出る扉に寄り掛かって立った。私は腕時計を確認する。ショートホームルームが始まるまで、三十分。

「どう思った、来光福音」

「まだ二十分くらいは大丈夫そう」

「右梅咲江の話だよ」

私は思わず照れて笑った。それから、加藤さんの前でそれほど身構えなくなっている自分に気がついて、驚いたような心臓を掻きむしりたいような気持ちになる。

「そうそう、さっき右梅さんに、篠崎くんは薬を飲んでいたかって訊いていたのはなんだったの？」

気になっていたのだ。

「篠崎良哉がどういうプロセスで毒を飲まされたのかって話だよ。飲んでしばらくは死ななかったんだから、カプセルに入れられていたって考えるのが妥当だ。で、毒だとわかって飲むわけがないし、自分を恨んでいる人間から口に入れるものを受け取るとも思えない。それなら、常用している薬か何かの中身を入れ替えておくのがいちばんだって考えたわけ」

今の今まで、どうやって毒を飲ませたのかなんて、全然考えていなかった。たしかに、知性も五感もある人間に毒を盛るのは、そう簡単なことじゃない。特に、警戒されている相手には。

「篠崎良哉が、恨まれてたってわざわざ書き遺したくらいだから、動機の面から捜査するのが妥当だとは思うけど、ま、一応」

「動機じゃ、なかなか見つかりそうにないものね。今まで話を聞いた二人だって、篠崎くんを死なせそうにはなかったし」

加藤さんは気まぐれに、扉の窓のふちに積もった綿ぼこりに、息を吹きかけた。私は呼吸を止める。埃の層が厚いので、それほど舞い上がらなかった。

「可能性はあるだろ。どんなことにでも」

「それを言ったらおしまいじゃないかな……」

「事実だって。可能性はいくらでもある。だって、なあ、来光福音、知ってるか。人間の体がいつの間にか壁をすり抜けていることだって、可能性の上ではありえるんだぜ」

「それは」私は、何を言っているんだと見つめ返す。「さすがに可能性ゼロパーセントじゃないの？」

「量子論の研究ではもう常識だぜ。宇宙が始まって終わるくらいの間には、一回くらい起こるだろうって。そのときに人間がいるとは限んないけどさ。ま、だから、なんだって起こるんだって話」

なんだか壮大すぎて信じられない話だ。そんな魔法みたいな研究。

私の浮かべた表情を見てとったのか、加藤さんはむすっとしたように続けた。

「来光福音、意外と疑《うたぐ》り深いんだな。量子論なめんなよ。いまや研究室のレベルでは、光子や原子のテレポーテーションだって成功してるんだぜ。まったく時代に乗り遅れてるな」

テレポーテーションって、あれだろうか。

「瞬間移動ができるの……?」

「だから、できるんだってば。できたんだよ」

「え、それって……」思わず笑顔になっていた。「それ……それってすごいね!」

加藤さんは目を丸くした。

「すごい、本当にわくわくするね。生きているうちに、私たちも使えるようになるかな。人も一瞬で地球の反対側に行けたりして」

加藤さんはすっと目を窓の外へ向けた。信じられないほど青い空へ。

「ま、そのへんのことは渡部純一の専門分野だ。あとで訊いてみれば? あいつの物理学のレベルは大学院の研究室くらいらしいからさ」

渡部純一くん。篠崎くんと同じ三年四組、東高三人の天才の一人。

「い、いきなり、テレポーテーションについて教えてって言うの?」

「そうしたければすればいいじゃん」

「で、でも……」

「あいつだってあたしと変わらないさ。あたしとある程度会話できてるんだから、渡部純一とだってコミュニケーションとれるはずだろ」

「そうかな……」

足音もなく廊下を歩く渡部くんの姿が、脳裏に浮かんだ。真っ黒でくしゃくしゃの髪と、痩せぎすの体。少しうつむきがち、そう、まるでイヤホンか何かしていて、そこから流れてくる音声に耳を澄ましているみたいな猫背で歩いている。長い前髪越しの視線は少し先の床の上で固定されていて、たとえぶつかったとしても、こちらに向くことはない。

——話しかけても。

きっと、一ミクロンも関心を払ってはもらえないだろう。

「ともかく現場にいた人間がわかったのは収穫だったな。早起きした甲斐《かい》はあっただろ」

加藤さんは話を本筋に戻す。おかげで私の中の雑念も消し飛んだ。

「そうだね。ミッキーと、それから三村くん」

「教師が入ってるんだよなあ」

彼女の言いたいことはすぐにわかった。

「東高の生徒ではなく、東高の人間。手紙の引っかかる表現だよね」

「わかりやすすぎる気もするけど、どっちにしろ怪しい」

「うん……。職員室へ行ってみる？」

「行くとしたら物理準備室だな。坂足幹男はほとんどそっちに住んでる」

「一年生のとき、ミッキーの授業だったの？」

「いや」

関わりのない先生の生態を把握しているなんて、まったくの不思議である。授業をサボっているくせに、加藤さん、学校のことに誰よりも詳しいんじゃないだろうか。

「ま、先に話を訊くのは三村大輝だな」

「どうして？」

「昨日、新しく一人見つけたって言っただろ」

右梅さんが三年二組に来る直前の話だ。

「それが三村くん？　昨日の補習授業には来ていなかったけれど……」

今は一応夏休み中なので、全員参加が基本の補習授業とはいえ、出席や成績は通信簿に反映されないことになっているのだ。どうせ復習を中心とした受験対策だからと、クラスに数人はサボる子が出る。

「いや、今日は絶対来てる。二限からだろうけど」

その断定的な言い方で、すぐにぴんときた。

「何か仕組んだんだね」

「仕組んだってほどじゃない。数学の出席は二学期の成績に加味されるようになったって、三村大輝とつるんでる奴に、昨日、伝えさせただけ。メールでさ」

「三村くん、そんなに真面目なほうかな……」

「成績についてはな。だから今日は三村大輝だ。補習の後、呼び出してあるから。――なあ知ってるか、あのお坊ちゃん、わざわざ葉山市から城山市まで、往復一時間かけて、週四で塾に通わされてるんだぜ。学校もサボりたくなるだろうさ」

それから続けて、だんりゅうだ、と呟いた気がしたけれど、よく聞き取れなかった。

モノローグ・Ⅱ

「東高三人の天才は、文字どおり一長一短、優劣つけられない者同士として認識されていた」

『少なくとも模試の点数においてはね』

「かわるがわるトップをとってたからな。二年の終わり頃までは」

『加藤、その頃からちょっと下がり気味なんだよね。何かあったの？』

「なにも。――あんたなら察しがついてるんじゃないの、原因」

『――二十歳《はたち》過ぎればただの人、ってことかな』

「あたしをずっと見てきた人間に言われると、決定的な気がするもんだな」

『誰でもそうだから気にすることないよ。いつかは必ずそのときが来る。高校生の頃ってさ、思うにちょうどそういう頃合いなんだよ』

「でも、渡部純一はこのまいけばきっと天才のままでいられるだろう。残り二人のような、ただちょっと器用なだけの子どもとは違う。ひとつ積み重ねたものがある」

『その積み重ねも、まるで縋《すが》っているようにしか見えないけどね』

「それでも、それがないあたしは結局、努力を知らない一般人になるしかない」

『ついでに友達の作り方も知らない』

「べつに、あんたがいるし」

『まあ、たしかに加藤の延命の一助になれたかもしれないけどさ。いつまでもつかなあ』

「友達なんて、対等なものじゃんか。あたしと友達になれるのは天才だけだ。それだって気が合うかは分かんないのに。仕方ないだろ。最初からこんな状態だったんだから」

『最初から、ね。生まれたときは全員人間だったはずなんだけどなあ』

「――渡部純一は努力ができる。けど、こっちはオールラウンダー型だ。ただ積んでるマシンの性能が良すぎるってだけのタイプ。ロケットみたいな」

『ロケット?』

「そ。突破できないはずの大気圏を、やすやす突き抜けてく。普通の人間って、とりあえず上に向かって飛んでみて、重力に抗《あらが》える限界の高さを見極めて、そこで生きてくもんだろ。それを追い抜いてっちゃってさ。困るよな、地球を出る気なんて、なかったのに」

『パワーの差だね』

「宇宙なんて、広いくせに寒くて、がらんとしてて、真っ暗で」

『加藤さ、後悔してる?』

「後悔する暇もなかった」

『気がついたら誰もいない空間に一人だったってことか』

「静かでいいけど」

『あのさ、加藤。思うんだ。重力っていうのは、束縛なんだよ』

「あんたこそ、なに、急に」

『宇宙に出てしまえば、引き留めてくれるものがない。だから、ほっといたらロケットはどこまでも行けちゃうんだ。遠くの知らない星の重力に引かれて落ちて終わるまでは』

「気がついたときにはもう遅い、ってことだろ」

『僕は加藤が心配だよ。たった一人で、普通の人が持つ束縛を全部放り出しちゃってさ』

「――心配だからって、あんたに何ができるんだよ」

第六章　七月二十四日（木）・Ⅱ

加藤さんの目論見《もくろみ》どおり、今日は三村くんも学校に来ていた。

二限の数学の前に、教室の後ろのほうで大声をあげていたから、確認するまでもなくすぐに気づいた。数学教師も心が狭い、という愚痴から、加藤さんが手を回したらしい友人が、あれはデマだったと軽く謝るところまで、ばっちり聞こえてくる。

「だってお前、田中《たなか》が授業中言ったって書いたじゃねえか。ほら！　見ろよメール！」

甲高い声が教室に響いた。携帯電話の画面を、大げさな身振りで友人たちに突きつけている姿が、見ずとも目に浮かんでくる。

「だから、そういう噂を聞いたんだって。俺だって授業中寝てたんだから」

「ほんとかよ。お前らまた俺のことからかって楽しんでるんじゃねえのかよ！」

私はいたたまれない気持ちだった。多少冗談めかしたノリではいても、内心では本気で叫んでいるのだと、たぶんみんなわかっているのだ。

「……いいじゃねえか。いくら補習だからって、あんまサボると目つけられるぜ」

結局、友人たちのもっともな発言で、三村くんは黙り込むことになった。

補習授業が終わると、私は一人、秘密基地へ向かう。

「よお、来光福音」

階下の喧騒《けんそう》も遠い四階で、加藤さんは片手に漫画を広げていた。私は上から二段目に腰かけて、彼女へ半身を向ける。

「真面目に授業受けてきたんだな」

「……加藤さんは不真面目だね」

ぽんと漫画を閉じて、彼女は大きくのびをする。

「いいんだよ、あたしはテストが満点なんだから。だから教師も何も言わないし」

それは成績がいいだけでなく、加藤さんであるからだ。

事実、一年生の頃にはまだ、加藤さんを叱ろうとした先生だっていたのだ。生徒からも先生方からも嫌われている、国語の吉岡《よしおか》先生である。

彼女は加藤さんのサボり癖を、わざわざクラスメイトの前で叱責した。それが吉岡先生のミスだ。加藤さんは怒濤《どとう》のごとく反論、見事言い負かして、伝説をつくってしまった。

それ以来、彼女に文句を言う人はいなくなったのだそうだ。

――それでも、学校には来るんだよね。

授業に出る必要性も、友達と話している気配もないのに。

「来光福音、いま何時？」

「十二時五十二分だよ」

「よし、行くか」

加藤さんは扉の前から立ち上がった。私も階段から腰を上げる。

三村くんとの待ち合わせ場所は、三年生の教室のフロアのつきあたり、進路指導室だ。普段は進路指導部長の先生が使っている部屋だけれど、加藤さんによれば、今日はその先生が出張で不在なのだという。

進路指導室には鍵がかかっていなかった。

「先生がいないのに開いてるんだね」

「一応、自由に出入りして資料を持っていっていいってことになってるからな。あんたらが使ってないだけで」

三村くんは先に来ていたらしい。赤本の詰まった棚の前で、こちらを振り返った。サッカー部らしくこんがり日焼けしていて、スポーツ刈りがちょっと伸びたような、運動部の男子がよくしている髪型をしている。

加藤さんは尊大な笑顔を浮かべた。

「待たせたな、三村大輝」

「良哉の話なんだろ」彼は加藤さんに対抗するかのように、腕組みをして上半身をわずかに反らした。「加藤といえど、やっぱ天才の幼馴染《おさななじ》みは無視できないってわけか」

幼馴染み。

「篠崎くんの？」

三村くんの目が初めて私のほうへ向いて、あからさまに当惑した様子を見せた。気持ちはわかるが、私はちょっとおもしろくない。これでも助手なのだ、一応。表向きは。

「三村大輝は篠崎良哉と家が近所で、小学校から同じなんだろ。それは知ってる」

「同じなだけじゃなくて、一緒に遊んでた。あいつの弟も一緒に」

「まあ、それはどうでもよくって」

「どうでもいい……？」

「あー、どうでもよくはないけど、天才の幼馴染みというものはステータスにはならないと思ってる」

加藤さんは、わざとそうしているんじゃないかと思うくらい、あっさりと言い放った。

「まあそんなことはいいさ。本題に入ろうぜ」

三村くんは顔を真っ赤にして、ちらりと出口を見やる。今にも部屋を出ていきそうなほど腹に据えかねている様子だけれど、結局はそうしなかった。できなかったのだろう。

加藤さんのほうも、資料の山を手で押しのけ、会議机の上に腰を下ろした。危なっかしげに机が軋《きし》む。

「まず、篠崎良哉が死んだ状況を確認したい。あんたは現場にいたよな？」

加藤さんが切り出すと、三村くんは首を軽く傾げて口を尖らせた。視線をこちらに向けない。まるで叱られて拗《す》ねている子どもみたいだ。

「なんで知ってんだよ。っていうかその前に、なんでお前らがそんなの知りたがるんだよ」

「あんたが協力的だったら、こっちもそれなりに情報提供するさ。あんたは当日あの現場にいたな？」

「まあ、いたといえばいたけど」

　歯切れが悪い。

　三村くんは突っ立った髪先をちょっといじって、媚《こ》びるような甘えるような目で加藤さんを見た。彼はよくこんな表情で友達と話す。

「事故があった後に、良哉がいたって気づいたんだよ。草野がずっと叫んでたから」

「つまりあんたはそれまで、篠崎良哉の姿が見えないところにいたわけか。どこら辺だ」

「階段下りて、エレベーターの先まで進んでったとこ。ベンチに座ってたら、ずっと右に草野が見えた」

　私はメモ帳を繰って、今朝書き写した、現場の配置図のページを開いた。彼の話からすると、上り側から順に、三村くん、草野さんと右梅さん、篠崎くんがいたことになる。

「右梅咲江と草野由美以外に誰かいたか？」

「事故のすぐ後に、ミッキーを見た気がする。あと、駅員とか。そのほかは覚えてない。いなかったと思うけど」

「そ。じゃ、現場の話はこれくらいでいい。あとは篠崎良哉の話だな。幼馴染みの特権を活かせるぞ、よかったな、三村大輝」

「なんだよ、やっぱり聞きたいんじゃねえか」

「あんたを呼んだ理由ではないってことだよ」

彼はその言葉が理解できなかったようで、わかったふりをするべきか、天才の言葉なんてわからなくて当然だと憎まれ口を叩いてみるか、決めかねたような表情を見せた。

「ま、いい。あんたは昔から篠崎良哉と家が近所で、同じ学校に通っていて、よく遊んでたんだってな？」

「毎日のように遊んでたぜ」

そう答えるときに、三村くんの顔が自慢げに緩みかけるのを、私は見てしまった。

「事件の前、篠崎良哉と最後にコミュニケーションをとったのはいつだか覚えてるか？」

「いや……いつだったかは分かんない。よく話すからいちいち覚えてねえよ」

「最近、篠崎良哉に何かおかしなところはなかったか？」

彼は短い髪を掻き上げた。

「さあ。ちょっと疲れてるかな、とは思ったけど」

「疲れてるって、どんなふうに」

「なんていうか、説明がムズい。良哉の幼馴染みだから気づいたけど、はっきりいつもと違ってたわけじゃないし」

——怪しい。

しきりに髪をいじったり、視線が定まらなかったり、三村くん、なんだか挙動不審だ。

私は加藤さんのほうを見る。彼女はいかにも興味なさそうに、ふうん、と返した。そのあまりのドライさに、三村くんは焦ったように続ける。

「なんていうかさ」舌を嚙まんばかりの勢いだ。「これで二人目なんだよな」

「二人目？」

「俺、あいつの幼馴染みだから知ってるけど、良哉の弟も電車に轢かれて死んだんだよ」

私と加藤さんは顔を見合わせた。

これには、さすがの加藤さんも驚いている。

「何それ」

私たちの反応に、三村くんは勢いづく。

「俺らが中二のときだったか、あいつの弟、聖哉《せいや》っていうんだけどさ、駅のホームから電車に飛び込んで死んだんだ。良哉とおんなじだろ。聖哉はやんちゃなガキだったから、自殺とかじゃないだろうけど。まだ小四くらいだったし」

「ふうん」

加藤さんはどこか遠くに目をこらして、無意識にか、緩慢な動作で自分の髪を撫でつけた。どうやら考え事をしているようだ。それも、猛烈なスピードで。

「良哉はさ、聖哉が死んだ後、自分だって落ち込んでたはずなのにしっかりしててさ、親のこと慰めたりして、立派だって有名だったんだぜ。俺らにも普通に優しいしさ。頭が良くても人としてダメだったら、やっぱアレじゃん。他の天才とは違うっていうか……」

そこまで言って彼は、自分が天才の一人を目の前にしていることに気がついたらしく、早口で続けた。

「ほら、加藤なんかは、一人でいることを選んでるって感じだけど、渡部とかはさ」

わかるだろ、という目を私に向けてくる。

「暗いし、何考えてるか分かんねえし、いつもブツブツ言ってるし。あれ、絶対、頭の中にお友達がいるタイプだぜ」

——ルール違反だ。

天才たちを天才として扱わないこと、天才たちを批判することは、東高の不文律を破ったことになる。そんなことだから、友達にも呆《あき》れられるんだよ、三村くん。

「言ってないよ」私は厳しい声で言う。「渡部くん、独り言なんて言わない」

彼と同じクラスだった一年生のときにも、下校時に駅のホームで見かけるときにも。たしかに近寄りがたい雰囲気があるけれど、だからといって、そんなふうに寂しがっているとは思えない。

「私たち凡人のことなんて、どうでもいいんだから」

「そんな話は関係ないだろ」

加藤さんは腹の底の怒りをそのまま声に乗せたような、苛ついた声を出した。でしゃばりすぎたかもしれない、と私は首をすくめた。

「三村大輝。篠崎良哉はなんか薬飲んでたか？」

投げやりな言い方だった。相手がとれなくても構わないと、地面に向けてボールを投げているようだった。

「は?」三村くんは大仰な身振りで驚きを示した。

「いや、飲んでねえだろ……。

「病気なんてしてないはずだぜ」

「そ。じゃ、もういいや」

加藤さんは机から降り、行こうぜ来光福音、とぞんざいに手を振ると、部屋を出ていく。

「あ、おい、待てよ。これだけかよ」

捨てられた仔犬《こいぬ》みたいな必死な表情だった。

「これだけだよ。じゃあな」

「おい。俺、まだ何も……」

私も、振り返り振り返り、最後には申し訳ないという表情をつくって進路指導室を出る。すぐ外で待っていた加藤さんが、ぴしゃりと戸を閉めた。

「ちょっと……」

冷たすぎるんじゃないかな、と言おうとしたら、加藤さんは私へすくみ上がるような一瞥をくれて、歩き出してしまった。おそろしく機嫌が悪い。

「待ってよ、加藤さん……」

電化製品から電磁波が出るみたいに、加藤さんの全身から、フラストレーションの気が発散されているのが、感じとれる。

「私が口を出したことが気に障ったのなら……」

「べつに、あんたは関係ない。あたしはああいう根性の奴が嫌いなだけ」

「それって三村くんのことだよね？　ねえ」

加藤さんは早足で私を引き離す。六組の手前まで来ると、唐突に、開けっ放しの窓へ身を乗り出した。

「加藤さん？」

止める間もなく、彼女はひらりと窓から飛び降りた。

「加藤さんっ！」

私は息も止めて駆け寄る。だって、三階なのだ、ここは。

「加藤さん……」

「――なに」

彼女はゆっくりとこちらを振り仰いだ。二階の窓の上に張り出した、ひさしのような部分に立っているのだった。私は彼女のポロシャツの後ろ襟を摑んだ。

「あ……あぶないよ」

「落ちないし」

邪魔だから放して、と振り払われる。揉《も》みあいになるほうが危険なので、私はおとなしく手を引っこめるしかなかった。

「坂足幹男がまだ学校にいるか見てたの。長期休暇中は自家用車で通勤してるから。裏の駐車場の隅に停《と》めてる、銀色の軽のトールワゴン。今日はもう乗って帰ったみたいだけどさ」

加藤さんはそう言いながら、窓枠に手をかけてこちらへ戻ってきた。

「いないんだから明日だな。現場検証でもして帰るか」

「現場って、篠崎くんが……」

「飛び込んだホーム。捜査の基本は現場百遍って言うだろ。ま、あたしは手紙受け取った日に一応見たんだけどさ」

来光福音も連れていかないと。

彼女はそう言った。

「わ、私も？」

声がうわずった。

「当たり前だろ、組んで捜査してんだから。わざわざもう一回現場検証し直すんだ、ちゃんと役に立てよ」

「う、うん！」

先に立って教室のほうへ歩き出していた加藤さんは、ちょっと振り返った。

「なに、ずいぶんはりきってるじゃん」

「だって、加藤さんがパートナーって認めてくれたから」

「そ？　初めからじゃん。いいから荷物とってこいよ」

一度教室に戻ると、通学用の肩掛け鞄を引っかけて、一組の前で加藤さんと合流した。

北東の階段に入る手前に学年の掲示板があって、模試の学年順位が貼り出されている。

校内模試のものもあれば、全国模試の結果から東高の生徒だけをピックアップした表もある。それを見て思い出した。

「次の模試まで、一週間もないね」

篠崎くんが亡くなった日にも全国模試があった。およそ三週間ぶりの模擬試験になる。

加藤さんは、へえ、とどうでもよさそうに答えただけだった。

駅へと続く商店街はがらんとしていた。どの個人商店も、この暑さに根負けしたみたいに軒並みシャッターを下ろし、日陰でひっそりと息をひそめている。

駅前のロータリーに出ると、時計塔脇の大階段を上る。私が遅れるので、加藤さんはちょっと先で立ち止まったり、片足立ちでくるくると回ったりしていた。楽しそうだ。

「いい天気だな。風もちょうどいいし」

加藤さんは数段上で仁王立ちになると、商店街が広がる田ノ宮駅前を見はるかした。

私も高いビルのない町を振り返る。商店街の屋根は私たちより下にあった。東高より遠くへ目をこらせば、田畑も見える。

「篠崎良哉が死んだ日もこんな天気だったな。自殺日和だ」

「……自殺って、雨の日のイメージがない？」

死や事故といったマイナスイメージのものは、私の中では雨と結びついている。

「そうか？　あたしだったら、こんな日に死にたいけどね。篠崎良哉はラッキーだった」

「お天気なんて気にする余裕、あったのかな……」

「こうして見ると、空は空のままだな」

なんて言って、今度は地面に平行になるくらい上体を反らして空を見上げている。左手を腰に、右手をひさしのように額にかざして。誰か通りかかったら、他人のふりをしよう。

「なあ、来光福音、空はいつから宇宙になったんだろうな」

声がひしゃげている。

「ビッグバンじゃないかな」

「そうじゃないって」笑うと苦しくなったのか、体勢を元に戻して、「大昔はさ、空のそのまた上に広い空間があるなんて、誰も知らなかったわけだろ。世界の天井が時間とともに色を変えていくと思ってたかもしれないじゃんか。最初から宇宙のことをわかってたわけじゃないんだから」

私は息をのんだ。

「宇宙が空のままだったら、って篠崎くんの手紙にあったよね。そういう意味なのかな」

「さあな。わからないならわからないままでいいんじゃないの」

加藤さんお得意の終わらせ方、もとい、突き放し方だ。

さっさと歩いていってしまう加藤さんを追いかけて、自動改札を通る。

「こっち」

ミニコンコースの端、線路の真上にあたる窓へ近づくと、彼女はそこから大きく身を乗り出した。

「だから危ないよ……」

「来光福音も見てみろよ」

私はしぶしぶ、入れ替わりに窓の前に立つ。ぴょんぴょんとその場で飛び跳ねてみたが、二本の線路と、ホームの端が少し見えるだけだ。

「何があるの？」

「何も見えないだろ」

あっさり。

「ここからじゃ、篠崎良哉の姿は見えない。ってことは、犯人はあのとき、ここにはいなかったってことだ」

そうなると、やっぱりホームにいた人が犯人なんだろう。

上りホームには、電車を待つ東高生がちらほら見えるくらいで、いつもどおり閑散としていた。そこそこ田舎の田ノ宮駅は、利用者のほとんどが東高の関係者なのだ。

私たちはまず、篠崎くんがいたという場所に立ってみる。黄色い点字ブロックと階段との間には、人がすれ違える幅もない。

階段の下に入り込むと、ホームと駅の外側とを隔てるフェンスの手前に、萎れた花束の残骸が寄せ集められていた。

「誰がお供えしたんだろう」

バリエーションも様々に、五束くらいはある。さすがに薔薇の花は見当たらない。

「さあな、草野由美みたいな奴だろ。東高には珍しい、やけに感傷的で行動力のある人間――」

線路はきれいに片づけられて、篠崎くんが亡くなった痕跡は、この、もはや花束とは言えなくなった花束くらいしか見当たらなかった。

加藤さんは点字ブロックの上に立って、風に目を細めた。

「十六時四十三分、通過する貨物列車に轢かれてさよならか。旅客用に飛び込んだなら、助かったかもしれないのにさ。――本当に死ぬつもりだったんだな」

「加藤さん……」

「ほら、現場検証するぞ。篠崎良哉がいたとこに立って」

言いながら、加藤さんは階段の降り口へ戻っていく。

「ここらに草野由美と右梅咲江だな」

「うん……。たしかに、お互いの姿が見えるね」

「この位置であいつらが話してりゃ、篠崎良哉にもバッチリ聞こえたはずなんだけどな」

右梅さんの話を聞いたかぎり、篠崎くんが彼女たちに気がついた様子はないようだった。

「篠崎くん、やっぱりそれどころじゃなかったんじゃないかな。これから電車に飛び込むっていうところだったのだし」

加藤さんはがりがりと頭を掻く。納得していない顔だ。篠崎良哉や自分のようなタイプはそんなにキャパシティが小さくない、視野が狭くない、というようなことをぶつぶつ言っている。

私は、篠崎くんがいた位置から左右を見渡してみた。

「ここ、どこからでも見やすい位置だね」

黄色い線の際なので、犯人がよほど線路から離れないかぎり、階段やエレベーターが遮蔽物になりにくいのだ。

「位置関係からじゃ、なかなか絞り込めないかも……」

私は正面に視線を戻す。二本の線路が視界の下のほうに横たわっている。十メートルほど先に、下りホームの階段の横腹が見える。

「正面、か」

振り向くと、加藤さんはいつの間にか私の隣に来て、反対側のホームを見つめていた。

「篠崎良哉のことを見ているなら、真向かいにいるのがいいかもな」

「視力が良くないと無理だと思うけど……」

眼鏡予備軍の私には、反対側のホームに立つ人の表情は見えない。

「ちょっと行ってきて」

え、と訊き返すと、加藤さんはまっすぐに腕を伸ばした。

「あっち側。ちょっと行って、階段の下に立ってきて」

「う、うん」

急げと言われたわけでもないのに、私は駆け足で改札階を横切り、息をきらして下りホームへと渡った。

加藤さんはさっきまで私がいた位置に移動している。篠崎くんが最後に立っていた場所だ。私はその真正面に立つ。加藤さんが少し脇を指差すので、もう少しだけ進む。私の身長なら、加藤さんのほぼ正面で階段下の暗がりに入り込めた。犯人の身長次第ではもう少し下り方面にズレないと、斜めになった階段に頭をぶつけるだろう。

「来光福音ぇ！」

もういい戻ってこい、と怒鳴る声がホームじゅうに反響する。こちらのホームにも電車待ちの人がぼちぼち現れ始めていて、彼らの目がいっせいに彼女へ向いた。ほとんどが東高生だったので、ああ、あれが天才の、とひそひそ声が上がる。

私は彼らの視線を避けるようにこそこそと階段を上り、彼女の傍へ戻った。

「表情、見えたかな」

「あたしは、目、いいから」

とすれば、犯人も視力がいい人なのだろうか。そんな絞り込み方で大丈夫なのだろうか。

「どっちのホームにせよ、犯人が階段の真下に隠れていたのなら、右梅咲江や草野由美、三村大輝には見えなかったろうな」

「まだ立ち位置がわかっていないミッキーが怪しいということ?」

「今のところ目撃証言に挙がっていない人間が犯人である可能性もある」

それから加藤さんは、口元に指をあてて考え込んだ。

「ちなみにさ、来光福音は、普段どのあたりにいるんだ」

「えっと、階段を降りて、少し進んだあたりかな」

私は下りホームを指差す。事故当時に吹奏楽部の二人が立っていたという場所の、ちょうど正面のあたりだ。

「端のほうまで歩くのも面倒に思えて」

私はいつも、授業が終わってすぐに学校を出て、最初に滑り込んできた電車に乗る。時刻表を気にせずに駅まで来てしまうから、十数分電車を待たねばならない日もあるけれど、そんなときには文庫本を読んで時間を潰すから、問題はないのだ。

同じような行動パターンの人は案外多い。たとえば、渡部くん。私が本を広げる遥《はる》か右に、たいてい、細くて黒い影のようにじっと立っている。私のほうが先に駅に着いたときには、私の前を横切って、下りホームの端まで行く。

毎日のように同じ電車で帰っていながら、私には視線ひとつくれない渡部純一くん。

そう、渡部くんだ。

人気のないホームを、からりとした風が吹き抜けて、私たちのスカートを揺らした。

「ねえ、加藤さん」

私は対岸の、いつも自分が電車を待つあたりを見つめていた。

「ちょっと考えたんだけれど……渡部くんに意見を訊いてみるのはどうかな……」

東高三人の天才の三人目、渡部純一。

天才が一人より、二人のほうが、解決しやすいにきまっている。

「渡部ねえ」

加藤さんはまた頭を掻いている。将来、側頭部だけ薄くなりそうだ。

「一年生から篠崎くんと一緒のクラスだったんだもの。何か気がついたかもしれないよ。知ってのとおり、すごく頭のいい人だし」

「気が進まない。篠崎良哉の計算では、あたしと来光福音で十分だったから、あたしらだけに手紙を遺したんだろ」

「で、でも、なんでも試してみたほうがいいんじゃないかな。何か新しくわかるかもしれないし……」

加藤さんはちょっとの間、私の顔を見つめながら何事か考えて、

「ま、訊くだけなら訊いてみてもいいけど。——来光福音が自分から何か提案するなんて珍しいし——そのための」

と不自然に言葉を切ったきり、話は終わったというように黙ってしまった。

上りホームから引きあげながら、私はふと訊ねた。

「加藤さんたちは、お互いに交流はなかったの？」

「なにそれ、あたしと篠崎良哉と渡部純一のこと？」

「うん。東高三人の天才」

「ま、存在は知ってたけど」

どうやら加藤さんも、私と同じ方向の電車で帰るらしい。ミニコンコースを横切り、階段を下りきったときになって、加藤さんは続きを話した。

「宇宙空間にいる恒星みたいなものなんじゃないの。あれって、地球から見れば、オリオンのベルトなり、夏の大三角なり、星が仲良く並んでるように見えるけど、温度や色は全然違うし、実際は何万光年も離れてる。お互いの間はほとんど真っ暗だ」

「なんだかそれって……」

寂しいね、という言葉を飲み込んだ。

下りの電車が滑り込んでくる。風が顔に吹きつけてきて、私は目を閉じた。

「明日の午後は、坂足幹男に話を聞いてから渡部純一をつかまえる、ってとこか」

「渡部くん、授業が終わったら、すぐに帰っちゃうみたいなの。大体私と同じ電車だから」

彼は小学校の頃からそうだった。クラスメイトたちが帰り支度を整える中、ひっそりと教室から姿を消しているのだ。

「でも、朝は早めに来ているみたい」

「へえ、来光福音も、案外よく見てんじゃん」

二重三重の意味で気恥ずかしくなって、私は頰に手を当てた。

加藤さんは電車に乗り込みながら、機嫌良さそうに言う。

「じゃ、明日の朝は早めの登校だ。一時間早く来いよ。——起こしてやろうか?」

「う、ううん。大丈夫、明日はきっと起きるよ。あ、でも、念のために、お願いします」

第七章　七月二十五日（金）

眠気を振り払いきれない体を引きずって、私は静かな廊下を歩く。

朝のホームルームが始まる四十分前、三割くらいの生徒が登校しているけれど、まだ勉強をする時間だという暗黙の了解があるようだ。みんな席についている。

「おはよう……」

教室に入るなり、クラスメイトたちの視線がいっせいにこちらに注がれた。私は一歩後ずさる。いったい何事かと思ったら、加藤さんが私の机の上に陣取っているのだった。

「教室にはいなかったぞ」

広げた文庫本を読み続けながら、近づく私にそう言った。渡部くんのことだろう。

私はひそひそ声で答える。

「いつも物理室にいるの」

「そ。じゃ、行くか」

本を閉じると、机から飛び降りて、颯爽《さっそう》と歩き出す。私とは対照的に、朝から元気だ。

廊下でもやっぱり、こちらをちらちらと振り返る視線があった。加藤さんと私という組み合わせが珍しいのだ。

物理室は南校舎二階、西の渡り廊下を抜けた目の前だ。

ドアについた窓から中を見ると、渡部くんは今朝もそこにいた。窓際の席で、本を開き、ノートに何かを書き込んでいる。集中しているみたいで、分厚い本のページをめくるときにも、左手の鉛筆を止めない。

彼は意外と背が高いのだけれど、ひどい猫背のせいで、そうは見えない。無造作にはねる黒髪が顔にかかって、今日も顔色が悪く見えた。

「なにぼーっとしてんだ、行くぞ」

ためらう私を押しのけて、加藤さんはずかずかと物理室に入っていってしまった。私も足をもつれさせながら中に入って、滑る指で扉を閉めた。

物理室は三年生の自習場所として開放されているはずだけれど、渡部くん一人だった。

——うううん、逆に、彼がいるからかな。

こうして試験勉強よりレベルの高いことに集中している人がいると、呼吸の音すら邪魔になってしまう気がして、落ち着かない。

「知ってるかい、篠崎良哉が手紙を遺した」

加藤さんは渡部くんの正面に立つと、じっと彼を見下ろしてそう言った。渡部くんも手を止めて見上げる。それきりどちらも口を開かない。私はというと、二人の雰囲気に呑まれて、何も言えなかった。

なんだろう、この奇妙な緊張感は。

二人が全速力で頭を回転させ、その演算式が空間に飛び出して物理室を埋め尽くしているかのようだった。密度が濃い。息が苦しい。

気がつくと、渡部くんは私のほうをじっと見ていた。全身が、一瞬で緊張に支配される。

どうしたの、と訊けなかった私のかわりに、加藤さんが短くこう言った。

「恨まれてたんだってさ」

加藤さんが付け足すと、渡部くんは、私から視線を逸らして小さく頷いた。それから、くさのゆみ、と呟く。地の底から湧くような、低い掠《かす》れ声だ。

渡部くんの声を聞くのは、ずいぶん久しぶりのことだった。

加藤さんは、そういうことなんだってさ、とばかりにこちらに頭を振ってみせたけれど、私は何も反応できない。彼女は渡部くんに向き直って言う。

「薔薇は」

「違う」

小さく頷いて、加藤さんは、あとは、と訊ねた。かぶりを振る渡部くん。

話はそれで終わったみたいで、加藤さんは私を呼ぶと、物理室を出ていった。渡部くんのほうも、もう作業を再開している。暗い目をいつもみたいに伏せて、私のことなど眼中にないみたいだ。意外とまつげが長い、と気がついて、そんなことがわかる距離にまで彼に近づいたことに、今さらながらどきりとした。

「遅いぞ、来光福音」

廊下から呼びかけられて、我にかえった。

加藤さんに追いついた頃には、私の胸も痛み始めた。衝撃から抜け出して、自分の存在がほとんど顧みられなかったことに気がついたのだ、ようやく。

――そんなの、はじめからわかっていたことだ。

私はぶんぶんと頭を振って、気持ちを切り替える。

「待って、加藤さん、今の会話はなんだったの。アドバイスをもらう予定だったよね？」

「草野由美が篠崎良哉の秘密について知ってるんだと」

「そ、そんなこと言ってた？」

「あと、薔薇を活けてる奴は犯人じゃないってさ」

篠崎くんの机の上の花瓶はとっくに、あの赤い薔薇だけになっているのだった。数日ごとに活け替えられているというのに、誰がそうしているのかは四組の子たちにもわからないらしくて、篠崎くんに思いを寄せていた女の子が人目を忍んで供え続けているんだろう、というのが定番の噂になっていた。その最有力候補は草野さんだが、自分ではないと言い張っているらしい。

「渡部純一には手紙がいっていないし、事件の前に、篠崎良哉にかわった様子も特に見られなかった。渡部純一いわく、篠崎良哉が恨まれたくらいで死ぬはずがない。何か弱みを握られていたんだろう、そしてその秘密を草野由美が知っている、だと」

そんな会話があっただろうか。

「二人とも、ほとんど単語しか言っていなかったのに、それで通じるの？」

加藤さんは足を止め、くるりとこちらに向き直った。

「通じるんだよ。あたしらは与えられた状況から考えられる可能性を、頭の中ですべて展開してる。会話なんてその可能性のうちのどれが事実なのかを伝えるだけで、もう十分なんだよ。あたしがこうやってぐだぐだ喋《しゃべ》ってんのは、あんたらの頭に合わせてるからなの」

開いた口が塞がらない。

加藤さんと接してきて、天才たちも実は意外と、私たちと地続きのところにいるんじゃないかと感じ始めていたところだったけれど、どうやら思い上がりだったらしい。

「渡部純一はさ、あたしや篠崎良哉と違って、常識的に振る舞う気はないみたいだけどな。何やってたと思う？　あの物理室の机でさ」

ノートにアルファベットや数字を書きつけているようだった。

「なんだったの？」

「宇宙ができた年の検算」

「……検算ってことは、もう計算してあるものを確かめているということ？」

「今のところ、百三十七億年前ってことになってるだろ。あれを確かめてたんだよ。いろんな観測データの数字を持ってきてさ。あいつが興味あるのって、宇宙物理学とかあのへんなのかね」

「小学生のときは、よく深海について調べていたよ……。渡部くん、教室でいつも本を読んでいた」

校庭からぼんやりと響いてくる歓声。昼下がりの教室。私は図書室で借りてきた児童書を胸に抱え、教室の入り口から彼を見ていた。いちばん後ろの席で分厚い本にのめりこむ、小さな天才を。迷いながら、ずっと見ていた。

「一度だけ、話しかけたことがあるんだけれど」気がつくと、私は懺悔《ざんげ》のように話し始めていた。「同じクラスだったときに。お昼休み、渡部くんは一人で本を読んでいて、教室にはほかに誰もいなかった。次の時間が体育だったのかな」

加藤さんは黙って聞いているようだった。

「渡部くんは頭が良くて、その頃からクラスで特別扱いされていた。だから不思議なんだけれど、なぜだかそのとき、彼に話しかけないといけない気がしたの。正義感みたいなものだったと思う。よく言うでしょう、みんな仲良くしましょう、一人でいる子には声をかけてあげましょう、って」

「最悪の風習だな。いかにも小学校らしいけど」

「うん。……それで、私もその瞬間だけ、そういう気分だったから、近づいていって、話しかけたの。なんの本を読んでるの、私も本が好きなんだ、って。もしかしたら話が合うかもしれないと思った」

それで、と加藤さんは続きを促す。

「ページに指を挟んで、表紙を見せてくれた」

「深海の本か」

「たぶん。私が読むのは児童小説ばかりだったから、なんて言ったらいいか分からなくて、『難しそうだね』って言って、逃げちゃった。……少し後悔しているの。今なら、もっと上手に話せたのに、って」

その瞬間、私は気がついた。これは懺悔じゃない。言い訳だ。それも加藤さんへの。私が加藤さんと上手く話せていないとしたら、それは元からの能力が違うのだと、実例を出して言い訳しているのだ。

加藤さんは、ふうん、と頷いた。

「深海も宇宙も、冷たくて暗くてひとりぼっちって意味では、一緒だな」

そう、だから私は彼に話しかけたかったのだ。寂しそうだったから。

レミニセンス・DM

空が真っ赤だ。

戦争のときには、夜に東京のほうの空が赤く光ってるときがあって怖かったたって、テレビで戦争ものの難しい番組を見かけるたびに、ばあちゃんが話している。本当はそんな話、ぜんっぜん興味ないけど、何十回も聞いたから、さすがに覚えてしまった。東京大空襲というやつだ。六年生になって、社会科で歴史を習うようになったから、そのうちテストで役に立つかもしれない。

「できないなら、人一倍勉強しなさい。良哉君みたいになれとまでは言わないから」

母さんの口癖だ。昨日だって言われた。

夏休みには、塾の体験講習を回れるだけ回って、俺に合った塾を決めるんだと、母さんは張りきっている。だけどそうしたら、夏休み明けからは、こうして良哉と遊べなくなるかもしれない。

夕焼け空をぼーっと見上げていると、黒い影が横切った。俺の手のひらくらいの大きさのものが空を飛んでいる。コウモリだ。カラスよりもこいつを見かけるほうが、もう遅い時間なんだって気がして、帰らなきゃって焦る。

「やだ！」

聖哉はまだ駄々をこねていた。

公園の反対側、サッカーゴールがわりにしている杉の木の間で、腕をめちゃくちゃに振り回して暴れている。俺が二年生だった頃は、絶対こんなガキじゃなかった。

「良哉、早く帰ろうぜ。もう日が暮れちまった。コウモリだって飛んでるし。気色悪い」

呼びかけると、良哉のよく通るやわらかな声が返ってきた。

「ごめん大輝、もうちょっと待ってて」

良哉はサッカーボールを小脇に抱え、もう片方の手で、聖哉の細っこい腕を掴んでいる。

「ほら、聖哉、もう帰るよ。暗いだろう。夕飯だよ」

「やだ、帰りたくない。ばあちゃんのごはん、おいしくないもん。野菜ばっかりじゃん」

良哉と聖哉もおばあちゃんっ子だ。父さんと母さんが歯医者で忙しいから。

俺はばあちゃんもじいちゃんも同じ家に住んでるが、良哉のところは、すぐ隣に建ってるばあちゃんちでご飯を食べたり風呂に入ったりするらしい。それなら、新しいほうの家、つまり良哉の父さん母さんの家なんて要らないじゃんって俺はいつも思う。

「おい、良哉。先帰っちまうぞ」

「大輝、ごめん、これ持っててくれる?」

良哉はボールをこちらへ転がす。俺はそれを宙に蹴り上げてキャッチしようとしたけど、うまく上がらなかった。屈《かが》んで拾い上げる。二人ともこちらを見ていなくてよかった、と俺は思う。

良哉はしゃがむと、両手で聖哉の肩に手を置いて、優しい口調で言い聞かせる。

「聖哉、また明日遊ぼう。暗いとサッカーできないしさ」

「できるもん」

「明るい昼間みたいに楽しくはできないよ」

「いいもん」

聞いてるだけでイライラしてくる。俺には兄弟がいなくて本当によかった。

俺はため息をついて、声を張り上げなくても話ができるくらいに近づく。

「なあ、聖哉」

俺は、自分がボールを投げつけたりしないように、地面にほっぽり投げてから、言った。

「おまえさ、そんなにサッカーしたいの？　それともさ、うちに帰るのが嫌なわけ？」

良哉がはっとしたように振り返った。わるいこと言っちゃった、と俺はすぐに気づく。

だって、聖哉の家は良哉の家と同じなのだ。

けれど、良哉は気にしていないみたいだ。俺のほうを示しながら、聖哉の顔を覗き込む。

「大輝も困ってるぞ、聖哉」

聖哉はぐっと顎を引いて黙った。良哉に対して反抗期のせいか、俺には懐いているのだ。

「そろそろ言うことときかないと、俺も大輝も、もうおまえとサッカーしたくなくなるぞ」

良哉が弟の肩を抱きかかえる。聖哉は激しく身をよじり、良哉の手から逃れると、こっちに走ってきた。小さな手に肘を摑まれる。意外と強い力だ。俺は引っ張られてバランスを崩す。

「大ちゃん、良哉の秘密、教えてあげるよ！」

涙ぐんだ目が、媚《こ》びるように歪《ゆが》んでいた。

秘密。良哉にも恥ずかしい失敗があるんだろうか。それとも好きな女子でもいるのか。

そのとき、聞いたこともない怒声が響いた。

「聖哉！」

良哉が怒鳴ったんだと認識するまでに、時間がかかった。幼馴染みの俺でも、良哉が怒るところなんて、見たことなかったのだ。

良哉は大股で飛ぶようにやってきて、弟の腕を思いきり摑んだ。聖哉は三秒前とは打って変わって、怯《おび》えた目で兄を見上げる。

「いい加減にしろよ、聖哉」

聖哉は返事もできないで固まっていた。

次に顔を上げたときには、良哉の表情はもう緩んでいた。

「大輝、待たせてわるかったな。帰ろうぜ」

ああ、イライラして怒鳴ったわけじゃなかったんだ、と俺は納得する。さすが、なんでもできる良哉。いざとなったらこういう手段も使うっていうだけだ。

「おう、帰ろうぜ。宿題もあるしな。どうせ良哉は授業中に終わらせたんだろうけど」

「まあね」

俺の幼馴染みは天才なのだ。

そもそも、保育園の頃から、頭が良くて優等生だった。いい子ちゃんぶっているというんじゃない。本当に、根っこのところから正解の方向に育っている奴なのだ。

小学校に上がって授業を受けるようになると、良哉が本当にすごい奴だってことがすぐにわかった。一年の頃、俺たちのクラスには、英才教育とやらが売りの幼稚園から来たガリ勉がいたけれど、良哉はそいつをあっさり抜かした。そいつはクラス中にからかわれて、今ではもう、あの鼻につく表情で意気揚々と挙手することもなくなった。

「良哉もさ、私立の中学に行くのか？」

「うん？」聖哉の手を引く良哉は、すっかりいつもどおりの調子で振り向いた。「いや、行かないよ。ふつうに葉山二中」

「おばさんたち、いいとこ行けって言わないのかよ。そんだけ勉強できんのに」

良哉はちょっと苦笑する。

「言わないよ。俺がどこに行っても気にしないと思うよ。それに、私立はちょっと遠いところにあるだろ。おばあちゃん、入院するかもしれないから、たぶん通えないよ」

「入院？」

うん、と良哉は頷く。

「この間、肺の病気が見つかって。だから俺が聖哉の面倒を見ることになるんだ」

「へえ。大変だな」

「そうでもないよ」

良哉はあっさりそう言ったけれど、おじいちゃんが亡くなって、親も仕事が忙しいのに、言うことをきかない弟の面倒を見るなんて、俺だったら絶対できない。

中学に入れば英語の授業も本格的に始まって、算数も数学になる。ここで苦手になる人が断然に多いんだって、どこの塾でも言っている。そんな大切な時期に、弟の面倒を見て過ごすなんて、凡人にはとてもじゃないけどできないことだ。

ふと気がつくと、良哉がこちらを見つめていた。

「帰ろう、もう上のほうは真っ暗だ」

見上げると、本当だ、西の空以外は、すっかり紺色に変わってしまっていた。

「宇宙の色だ」良哉は呟く。「宇宙って、きっとすごく楽しいよ」

家路について、空を見上げる良哉の手を、引き留めようとするみたいに聖哉が引っ張っていた。

第八章　七月二十五日（金）・II

ミッキーのところへ行くといったのに、いつまで経っても加藤さんが現れない。

私は自席についたまま、お弁当も自習道具も広げられずに、何度も時計を見上げていた。夏休み気分なのか、廊下はやたらと賑やかだ。

十五分を過ぎたところで、意を決して立ち上がる。来ないならこちらから行くしかない。

廊下に出ると、騒がしいのは一組の周辺だけだとわかった。

一組の教室は、クーラーが点いているのに、前も後ろも扉が開けっ放しで、あろうことか先生が三人もいる。一組の担任に、学年主任、それから生徒指導の先生だ。教室のいちばん奥、後ろのほうで何やら相談ごとをしている。

廊下が騒がしいのは、大物の先生方に居座られているために、教室で落ち着けない一組の生徒が出てきて、おしゃべりに興じているからだった。女子が多いクラスなので、ことさらに騒々しい。

私はその群れの中から、去年同じクラスだった女の子を見つけた。

「何かあったの？」

彼女は待ってましたとばかりにくいついてきた。

「加藤さんの荷物が荒らされてたの。机とロッカー、両方」

「荒らされてたって……」

「四限、生物だったの。生物室から帰ってきたら、廊下に教科書とか散らばっててね。加藤さんのロッカーから全部引っ張り出されてたみたい。机の中も同じ」

私は廊下を見渡す。すでに片づけられたようで、落ちているものは何ひとつなく、ロッカーもすべて閉まっている。

――早朝じゃなくてもできるってことだね、加藤さん。

私は訊ねる。

「何か盗《と》られたのかな」

「さあ……大丈夫だと思うけど。今、先生たちが加藤さんに話を聞いてる」

彼女の視線が、教室の奥をちらと示した。

「やっぱり、いたずらだと思うけどね。加藤さん、ほら、勉強しなくても全国トップクラスじゃん。教科書も資料集も、開いた跡なんて全然なくって、新品みたいでさあ。誰かひねくれた人が嫌がらせしたんだよ。一組ってやっぱり、二組や三組より先生たちの期待が重いし……」

「ありがとう」

私は彼女から離れる。教室には入りにくい雰囲気だ。そっと忍び込むようにして敷居《しきい》をまたぎ、奥の様子をうかがった。目をこらす。もう一歩だけ踏み込む。

三人の先生は、加藤さんを囲むように立っていた。彼女は驚くほどおとなしい。険しい顔で、時々何事か短く受け答えする。それでも座っているのは机の上だ。どうやら、態度が横柄なのは先生方の前でも同じらしい。生徒指導部長なんて、私たちからしたら、仁王か魔王みたいなものなのに。

と、加藤さんが私に気がついた。生徒指導部長の佐々木《ささき》先生の肩越しに、こちらをまっすぐ見ている。私は胸元で小さく手を振った。彼女も、スカートのひだに隠すようにして、右手を少しだけ振ってくれた。百八十度天地逆転したバイバイだ。

私は微笑を浮かべると、踵《きびす》を返《かえ》して二組に戻った。一組の前で待っていても問題はないだろうけれど、廊下に話し声が響いているせいで先生と加藤さんのやりとりは聞こえないし、どうせなら受験勉強を進めていたほうがいい。

二十分くらいして、ようやく加藤さんは来てくれた。

「わるい」

加藤さんも謝るということを知っているらしい。

「ロッカーも机の中も荒らされていたんでしょう?」

「鞄もな。最悪だ」

「何か盗まれた?」

「なにも。財布すら手つかず。そうなると、おのずと答えは出るな」

「手紙……」

「そして、もしそうなら、これをやった奴が誰なのかもわかるだろ」

私たちが手紙のことを話した相手は、二人しかいない。

名前を言う前に、加藤さんは私を手招きし、すたすたと出口に向かった。勉強道具を片づけて、慌てて後を追う。きっと、教室でしていい話ではないということだろう。

加藤さんは三階西の渡り廊下の真ん中で立ち止まった。

私は真っ先に訊ねる。

「手紙は無事?」

加藤さんはスカートを叩いてみせた。ポケットのあたりだ。

「よかった……」

「大事なもんは自分の手で守るんだよ」

音楽室の開け放した窓から、ピアノの音が聞こえてくる。たぶん、クラシック曲。誰が弾いているのだろう。吹奏楽部の練習はまだ始まらない。

「……手紙のことを知っているのって、右梅さんと渡部くんだけだよね?」

「だろうな」

今朝手紙のことを知ったばかりの渡部くんが、理由があったのだとしても、すぐにこんな行動に出るとも思えない。そんなに興味がなさそうだったし。それよりは、手紙を見たがっていた右梅さんのほうが、よっぽど動機があるように思える。手紙は処分したと説明したときの加藤さんの態度も怪しかったし。

「あ、でも、犯人も手紙のことを知っているかもしれない。……よね？」

「ま、可能性はなくはないけど」と窓のサッシが反射する日差しに、目を細めている。

「篠崎良哉があたしたちに手紙を書いたことを、たとえ犯人が知っていたとして、それじゃあなんで今さら盗み出そうとするんだって話」

「それは……まずいことが書いてあるからじゃない？」

「だったら、もっと早く、それこそあたしらが受け取る前にいくらでも回収できたはずだ。自宅に郵送された遺書と違って、下駄箱に放り込んであっただけなんだから」

私はもう反論できない。

加藤さんはちょっと首をかしげて、

「もっとも、狡猾《こうかつ》な犯人のことだ、右梅咲江に疑いをかける目的で、今になってあたしの荷物を荒らした可能性も、なくはない。一昨日、教室であいつと会話しただろ。誰かに聞かれていてもおかしくない。ま、それを言うなら、犯人が今頃になって手紙の存在を知ったって可能性もあるわけだけどさ。――もしくは、右梅咲江かその仲良しの仕業」

仲良しって。

「草野さん……」

「で、だ。その草野由美を呼び出してある」

「え？」

加藤さんは渡り廊下の残り半分に向き直った。

「篠崎良哉の秘密とやら、気になるだろ。坂足幹男の前に聞いとこうと思ってさ」

加藤さんについて二階へ降りる。草野さんが文芸部室の前で私たちを待っていた。

「良哉君が遺した手紙があるって……」

今日の草野さんは髪をきれいなおさげにしている。頰の色もいいし、この間よりずっと落ち着いているようだ。

「いいから入れよ。話、聞かれたくないだろ」

加藤さんは、南京錠のダイヤルを回して、数回目に試した数字で、部室を開けて入った。

「で。草野由美、あんたが知ってる篠崎良哉の秘密ってのはなんだ」

「またいきなり訊くんだ。それより先に、手紙について教えて。今朝、言ったよね。あんなことになる前の良哉君から連絡が来ていて、それでいろいろ調べてるんだって」

だから素直に呼び出しに応じてくれたのか、と私は内心で納得した。

加藤さんはじっと草野さんの目を見つめて、もったいぶるような考え込むような間を置くと、ポロシャツのポケットから、折りたたんだ紙片を抜き出した。草野さんが飛びつく。

「良哉君……」

彼女の手が、畳まれたルーズリーフを急いで開ける。左右にせわしなく動く目から、みるみるうちに水分が溢れてきて、あっという間に頰を転がり落ちていった。

そうだ、数度しか話したことのない私より、彼女のほうがよっぽど篠崎くんと近しかったはずだ。私ではなく、彼女のような子が手紙を受け取るべきだったのだ、きっと。

「わかった」手紙をそっと胸に抱いて、草野さんが涙に濡れた顔を上げた。「良哉君をあんな目に遭わせた奴を見つけるためなら、なんでもする。知ってることは全部話す。そのかわり、犯人が分かったら絶対に教えてよね」

「分かったらな、分かったら」

加藤さんの返事は軽かった。

「で。篠崎良哉はどうも、秘密を握られたことが決定打になって自殺せざるをえなくなったみたいなんだが、草野由美はその秘密がなんなのか、知ってるんだろう」

「誰が言ってたの」

「天才にはわかるんだよ」

なんでも話すと言ったばかりの草野さんは、ためらいを見せた。

「良哉君との特別な秘密だから、絶対言わないでほしいんだけど……」

「言わない言わない」

「でも……」

それからまた躊躇《ちゅうちょ》しようとするところに、加藤さんが舌打ちをした。効果は覿面《てきめん》だった。

「良哉君の秘密はね、……本当は偽物の天才だったことなの」

私は加藤さんを見た。視線が合わなかった。彼女は唇を引き結び、動揺を表に出さないよう必死に波を乗り越えているように見えた。あの加藤さんが、である。

「――どういう意味だ、草野由美」

「良哉君は勉強とかしてないのにすっごくいい点数をとるからすごいって言われてたわけでしょ。加藤さんもそうだけど。でも本当は家とかで勉強してたの。テストだけじゃなくて、絵の練習とか、走ったりとか、球技の練習とか」

「でも」と私は思わず声をあげた。「いくら家で努力していたって、どれも人並み以上にできるんだもの、やっぱりすごいよ。私には天才に思える」

草野さんは首を振った。

「あたしもそう言ったよ、良哉君に。だけど偽物なんだって。良哉君は、努力してないのにすごいっていう人になりたくて、隠れて努力してきたから、最初から偽物なんだって」

そういうものなのだろうか。それでいいんだろうか。

「草野由美だけがそれを知ったのはどういう経緯なんだよ」

「良哉君、二年生のとき、美術の授業で描いた油絵で、県の金賞をとったでしょ」

篠崎くんが賞をもらうのはよくあることなので、私はひとつひとつ覚えていない。

「その絵を描いているところを、偶然見ちゃったの。授業で配られるのと違うスケッチブックを持ってきてて、絵の練習や構図のアイデアがびっしり描かれてた。そのときに、見られちゃったならしょうがない、って話してくれたんだよ」

「わかった」加藤さんは頷く。「確認しておきたいことはほかにもある。篠崎良哉がなにか薬を飲んでいたか知らないか？」

「飲んでたよ」

これまたあっさり。

「良哉君、ほら、徹夜とか無茶するから、栄養剤飲めってお母さんに言われてるんだって。茶色い半透明のケースに入ったカプセル。お医者さんでもらうのとは、ちょっと違うやつ。心配されるとあれだから、みんなには言わないでって頼まれたんだけど」

加藤さんが身を乗り出す。

「薬を飲んでいるところを見たのか？」

「うん、それ飲んでいるところに、偶然会いに行ったこと、何回もあったし」

その後加藤さんは、現場にいた人とその立ち位置について訊ねたけれど、右梅さんから聞いた以上の情報はなかった。そもそも草野さんは、篠崎くんしか見ていなかったようだ。

「じゃ、最後だ。篠崎良哉の机に置いてある花瓶、あの赤い薔薇を飾ってるのはあんたか？」

「ちがうちがう。よく訊かれるけど、あたしじゃないよ。だって、花なんて置いたら本当に死んじゃったみたいじゃん。ううん、死んだのはわかってるんだけど、でも……」

彼女はだんだんとうつむいて、遂《つい》には顔を覆った。私は衝き動《うご》かされたように駆け寄って、その華奢《きゃしゃ》な肩を抱く。私は綾ちゃんと違って、そう簡単に人に触ることなんてできない人間だと思っていたけれど、案外反射的に触れてしまえるものだった。

「なんでみんな、すぐに忘れちゃうんだろう……良哉君のこと……」

そんなことないよ、と言おうとしたとき、背後でため息が聞こえた。加藤さんが、心底くだらないという顔をしていた。

「女子中学生みたいな感傷に浸ってるとこわるいんだけどさ、あんたに訊きたいことはもうないから帰ってもらっていいか」

「そんな言い方ってないよ、加藤さん」

「いいの」草野さんは私の両肩に手を置いた。離れたがっているのかもしれないが、縋りついているようにしか思えなかった。「あたしは犯人が見つかればそれでいいの。いつか復讐してやるんだから」

彼女は、自分が握りしめたままの手紙に気がつくと、また泣き出しそうな顔をした。

「これ……この手紙、あたしがもらっても、いい？　良哉君が最後に書いた手紙だもん」

「わるいが返してもらう。表向きには、あいつが家に郵送した遺書でカタがついてるんだ。あたしらが今さら調べまわっていることは、できるだけ知られないほうがいい」

だからあんたも口外するなよ、と机をこちら へ回り込んできて、加藤さんは容赦なく手紙を取り上げた。

「ほら、もう行けよ、草野由美」

草野さんは長いまつげを落として、

「犯人が……良哉君を追い詰めた犯人が分かったら、絶対に教えてよね。あたし……」

ただじゃおかないから、と吐息にまぎれた小さな声で、呟いた。

足音荒く彼女が出ていくと、加藤さんは机に手紙を投げ出して、パイプ椅子に腰を下ろした。私はその手紙から目が離せない。何かが気になる。

「どうかしたか、来光福音」

「うん……」

加藤さん宛ての、篠崎くんからの手紙。草野さんの涙でまだら模様に濡れている。

加藤さんが静かに見守る中で、私はその手紙を取り上げた。

「これ、前に見たのと違う」

そうだ、篠崎くんから来た手紙はノートのページを破り取ったものだったが、これはルーズリーフだ。筆圧や字を近づけようとした気配はあるけれど、こちらのほうが丸みがないし、文面も違う。

「本物を見せるわけないだろ。犯人の可能性もある人間にさ」

偽造したこの手紙には、自分を恨む者に秘密を握られて自殺することになった、同じ東高の天才として犯人を見つけ出し仇《かたき》をとってほしい、来光福音を助手にしろ、というようなことが書かれている。

「それじゃあ、これ、加藤さんが書いたの」

「毒のことなんて知られたら、それこそ大騒ぎだろ。草野由美の心の平穏のためにも、これで正解だ」

「そう……かな」

泣きながらこの手紙を胸に抱いた草野さんの姿を思い出す。

――だってあの子は、たしかにこれを信じて泣いたんだ。

平気で騙《だま》すようなこと、私にはとてもじゃないができやしない。

「草野さん、あんなに悲しんでたのに……」

「だったら、その犠牲を無駄にしないためにも捜査を進めたほうがいいんじゃないの。有用な情報が手に入ったわけだしさ」

私は何も言い返せなかった。

加藤さんは、「偽の天才か」と呟いた。

「犯人は当然、この秘密を知ることができた人間ってことになる」

「だけど、草野さんが秘密を知ってしまったのは偶然によるものだったみたいだよね」

「殺したいほど恨んでいた犯人なら、篠崎良哉の身の回りのことも徹底して調べ上げたかもしれない。多少の綻びはあったんだから、そのうちに気がついたって可能性はあるだろう。もしくは、逆。――篠崎良哉の秘密を知ったからこそ、恨みを持つようになった」

つまり、篠崎くんが偽物の天才であることが許せなかったということだ。

「そんな人、いるのかなあ」

篠崎くんや草野さんがいくら偽物だと言ったって、事実としてあれほどなんでもこなせていたのだから、天才なのではないか。努力の天才、あるいは器用さの天才と呼んでもいいのではないか。

もしもそれを偽物だと謗《そし》るのだとしたら、

「篠崎くんに憧れていた人たち、かな」

「ありえるだろうな。可能性はある」

私は話しながら考え続ける。

「篠崎くんに心酔していた人たちというなら、草野さんや三村くんが怪しいということになるよね」

だけれど、三村くんはともかく、草野さんが犯人だとしたら、素直に篠崎くんの秘密を教えてくれるものだろうか。

加藤さんはしばらく黙っていたけれど、やがて、窓の外に目を向けて呟いた。

「天才を目指そうなんて、ばかな奴」

まったく想定外の言葉だった。私はろくに反応できず、彼女の感情をキャッチし損ねる。

——見たことのない顔。

よけいなものが削《そ》ぎ落とされた表情で、窓の外の青空を見つめているのだ。

「……加藤さん?」

「なんでもない。――じゃ、行くか」

「えっと、どこへ？」

「坂足幹男のとこ。その予定だったろ」言って、加藤さんは立ち上がった。「現場にいた人間が新しくわかるかもしれないしな。今わかっている中で話を聞いていないのは坂足幹男だけだ」

文芸部室にダイヤル式南京錠をかける段になっても、私はまだ、加藤さんの発言がどこか引っかかっていた。

――天才を目指そうなんて、ばかな奴。

「さっさと行かないと帰っちまうぜ。あの教師、用事がなけりゃ学校にいないタイプだろ」

文芸部室から、物理準備室は目と鼻の先だ。物理室と自習室の間、入ったことはないけれど、物理関係の実験器具や教材が保管されている部屋で、ほかのたいていの準備室と同様に、その教科の先生方の机が置かれているはずだ。

加藤さんが扉をノックすると、中からくぐもった声が聞こえた。間の抜けた、けれどどこか張りもある、不思議な声だ。

「失礼します」

勝負を挑むような気合の入った挨拶とともに、私たちは物理準備室に乗り込んだ。

「やあ、珍しいね」

ミッキー一人だ。

ボサボサの頭をした、三十代の男性教師である。白衣を着て、部屋の奥に立っている。

「雪野《ゆきの》先生は今日はいないよ。——それとも、僕に用かな」

少年みたいなきらきらした目をして、口元に笑みを浮かべている。顔立ち自体はぱっとしないけれど、どこか愛嬌《あいきょう》のある口調と知識の広さで、特に生真面目な生徒から一定の人気を得ている先生だ。私は直接関わったことがないので、噂から受ける印象だけれど。

「坂足先生に用です」

物理準備室は奥に長い形をしていた。壁際にはガラス戸のついた棚が並び、参考書や段ボール箱が床に山積みされている。人ひとりがやっと通れるだけの幅しかない。

奥まで進むと少しはましになった。二台の事務机が向かい合わせに置かれていて、その周辺にも物が溢れているけれど、まだ私と加藤さんが並んで立つだけのスペースがある。

窓に向かって右の壁には扉があった。物理室に繋《つな》がる扉である。授業になると、先生方はここから登場するのだ。窓際には黒っぽい石でできた台が端から端まで取りつけてあって、真ん中あたりが水道になっている。

ミッキーはマグカップを片手に、その黒っぽい石の台に寄り掛かっているのだった。

「まあ、座りなよ。そこに椅子、あるからさ」

そう言って、サンダルを履いた足をちょいちょいと振る。棚の陰に、スツールが三脚、重ねられてあった。狭い中にどうにかそれを並べて、私たちは腰かける。加藤さんの両手が、腿の上で軽くこぶしをつくっていた。

「それで、君たちはどこの誰で、なんの用で来たんだい」

なんだかおもしろがっているような目だ。三日月みたいな形になっている。

「篠崎良哉の友だちです。坂足先生が篠崎良哉の死んだ現場に居合わせたというので、その話をうかがいに」

口調は強くて鋭いものの、敬語で話す加藤さんはどこか新鮮だ。私はひっそりと微笑《ほほえ》む。

「篠崎くんかあ」

「はい」

「話題になってるみたいだね。でも、熱も冷め始める頃だろう。君たちはこの時期になっても、いったい何を探してるんだい」

「篠崎良哉に恨みをいだいていた人間がいるようです。自殺とも無関係じゃないでしょう」

先生は笑った。

「そんなに驚くような話じゃないね。遺書の話、噂くらいは知っていると思うけど」

「疲れたから死ぬと」

「そうだね。僕も職員会議で、疲れたからとしか聞いていない。君たちは、何に疲れたからだと思った？」

先生は、授業中にクラス全体へ問いかけたときのように、しばし答えを待ってから言う。

「誰かに恨まれることに辟易《へきえき》して身を投げたという可能性もあるんじゃないかな。僕はそう思うけど。それだったら、なんの秘密もない」

先生の言うとおりだった。

遺書の内容が嘘偽りではないと考えてかかれば、篠崎くんの話は一貫しているように見える。誰かに恨まれ、責められ、負けてしまったのだと。だけど、篠崎くんは、家族に送った遺書をダミーだと言ったのだ。

「誰かが篠崎良哉を恨んでいて、その誰かが篠崎良哉を自殺まで追い込んだのだとしたら、犯人は篠崎良哉の自殺するところを見たいと思うはずです。いや、脅すという行為は、脅した側にとってもリスクが高い。追い詰められた被害者がやけになって告発するかもしれません。監視していないと安心できないでしょう」

「そうかもしれないし、そうじゃないかもしれないね。篠崎くんに恨みを持っていたという人が、自殺を決意したとどのように知らされたかによるだろうから」

「なんらかの形で知ったとして——犯人があのとき、現場にいた可能性は、あるでしょう」

加藤さんは身を乗り出した。

「坂足先生はあのとき、ホームのどこにいましたか」

ミッキーは微笑んで、外側にまで茶渋のついたマグカップを、かたわらの台に置いた。

「いいね。発言の主が誰であっても疑ってかかる。そういう思考がね、科学には必要なんだ」

そして寄り掛かっていた腰を起こすと、先生は窓の外を見た。

「僕は篠崎くんと同じ、上りホームにいたよ。ただ、最後尾のほう、ホームの端に立っていたし、篠崎くんが飛び込んだところ自体は見ていない。急ブレーキがかかって初めて、前のほうで何かあったんだと気づいたけど、そのときにはもう、彼は亡くなっていたろうね」

「そのときほかに誰がいたか、覚えてます？」

「彼が飛び込んだときという意味なら、僕は誰も知らないよ。ちょうど前の電車が出た直後にホームに降りて、それからずっと端っこにいたからね」

「篠崎良哉が死んだ後は」

「彼が飛び込んだあたりに人が集まり始めていてね。僕も状況を確認しに行った。駅員さんが階段から降りてきたよ。それから、三年四組の右梅さんは見たような気がするなあ。そのほかにもうちの生徒が何人かいたけれど、名前を知らないから、説明のしようがないね」

「地元の人はいませんでしたか？」

「見た記憶はないよ。いたのかもしれないけど」

「向かい側のホームはどうです？」

「さあ。そんなに視力が良くないからなあ。僕のすぐ向かい側には、誰もいなかったと思うけど。飛び込んだ後は、それどころじゃなかったしねえ」

記憶を手繰る様子の端々に、誠実さが垣間《かいま》見える。信用できそうだ、と私は思った。

加藤さんは話を続ける。

「坂足先生は四組の物理を担当しているはずです」

「三年四組。そうだね」

「篠崎良哉にかわった様子はありましたか？」

先生は声をあげて笑った。体を折るようにして、チョークで汚れた白衣の、大きなポケットに両手を突っ込む。

「さてね。僕は何も気づかなかったな。もともと生徒の個人的な事情にはそんなに関心がないほうだしね。あまりあてにならないと思うよ。あ、これ、建て前上はあれだから、秘密にしといてね」

ミッキーが教師陣の中でも変人扱いされているという噂は、本当かもしれない。

「訊きたいことはこれくらいかな？」

ミッキーはまたマグカップを傾けて言う。蛇口の脇には使い古されたコーヒーメーカーが置かれ、部屋じゅうにこうばしい匂いが満ちていた。

私は何気なく口を開く。

「先生、どうして空は、宇宙と違う色をしているんですか？」

加藤さんがこっちを振り向いた。怪訝《けげん》そうな顔と警戒している顔とを、足して二で割った表情をしていた。先生は特に驚きもせずに答える。

「そうだね。宇宙が黒く見えるのは、ダークマターというものが光を吸収しているせいらしいんだけど、この物質についてはよくわかっていないんだ。そういうものがあるだろう、と仮定されているようなところがあってね。だから、なぜ違うのかという問いには、空が青く見える理由を説明するほうが早いかな」

先生は体を起こし、肩越しに窓を指した。

「君には、太陽の光は何色に見える？」

「……白？」

「そうだね、普通は白く見える。そして、白い光というのは、いろんな色がバランスよく重なっていないとできないんだよ。白は何もない空っぽの色というんじゃなくてね。わかるかい？」

「光の三原色を重ねると白色光になる」

加藤さんがぼそりと言った。

「そう、君の言うのもそうだね」

先生はカップを置いて、両手を体の前で広げた。小さく「前へならえ」をするみたいに。

「太陽の白い光の中には、赤い光や青い光が含まれている。そして、光とは波長だ。赤い光は波長が長く、青い光は波長が短い」

中学校の理科で習ったような気がしないでもない。たしか虹の七色が出てきたんだっけ。

「地球の大気を通ってくる間、光は小さな粒にぶつかって、波長の短い青い光ばかりが散乱される。それで、青い光が散らばって広がる、人間の目に見える。小さな粒は青い光を弾《はじ》き飛《と》ばすんだ。逆に、空気中に大きな粒ばかりだと赤い光が散乱される。火星なんかはそうだね。だから火星では、晴天は赤い空で、夕焼けが青い空なんだ。地球の空が青いのは、空気があって、そこそこ澄んでいるという証拠だよ。わかるかな」

私ははいと頷いた。青空には光が溢れているのだ。

「坂足先生は、私たちが何を調べるべきだとお思いですか？」

「さあね。僕にはわからないな。強いてアドバイスをするなら——根本的な方針から見直したほうがいいんじゃないかな。当日、彼は何をしていたのか、とかね。——さ、何かあったらまたおいで。僕にも仕事があるからね」

私たちは立ち上がって、雑然とした部屋の隅にスツールを重ねる。

「人は宇宙でも生きられるんだ」先生は事務椅子に腰かけた。ギッと鳴る。「でもね、とても生きづらいと僕は思うね。——君たちは天才なんかじゃないよ、加藤沙耶夏さん」

私は驚いて加藤さんを振り仰いだ。怒り出すかと思った。天才・加藤沙耶夏は、先生が相手でも容赦がないから。

彼女は、少しほっとしたような、緩んだ表情をしていた。

見てはいけないものを見てしまったような気がして、私は慌てて目を逸らす。

「渡部純一くんは、このままがんばれば天才になれるかもしれないけどね」

失礼します、と加藤さんは言った。

□

「あれじゃああたしまで偽物みたいじゃんか」

物理準備室の古びた木の扉が閉まると、加藤さんは開口一番そう言った。冗談めかすような口調の端に、機嫌の悪さがにじみ出ていた。私は返事に迷う。天才ではないと言われた瞬間の、いっそ救われたような表情が、目に焼きついて離れない。

「ともかく、これで今のところ名前の挙がっている目撃者には、全員接触したな」

「篠崎くんのことが見えていたのは、右梅さんと草野さんだけだね」

「誰かが嘘をついていなければな。特に、いちばん端にいたという坂足幹男は、目撃者がいないからいくらでもごまかせる。階段の陰から篠崎良哉を見ていたんだとしても、誰にもバレない」

加藤さん、と私は小さく呼ぶ。

「ミッキーのこと、どう思う？」

「頭はいい。鋭い洞察力を持っているし、人生経験もありそうだ」

「信用していたものね」

ほかの目撃者と話したときに比べて、ミッキーには最初から多くの情報を開示していた。

「ま、被疑者の一人であることにかわりはないけどさ」

三年二組の教室の前まで戻ってきたとき、加藤さんは独り言のように呟いた。

「あたしを差別しないからだったのかもね。坂足幹男」

「……差別って、天才だから？」

加藤さんはそれについては答えなかった。足を止めて、後ろを歩いていた私を振り返った。

「それよか、作戦会議しようぜ、作戦会議」

「いいけれど……秘密基地に行くの？」

見上げた加藤さんの顔が、何かに気がついた表情になった。私も背後を見やる。

「……あ」

四組の方から、渡部くんが歩いてくるのが見えた。機能性重視のデザインのリュックサックを背負い、いつものように下を向いている。

「珍しいね。普段は授業が終わってすぐに帰っちゃうのに」

「ああ、あいつ、今日日直だから。阿部《あべ》が補習サボってるから、日誌書いてたんだろ。ほっときゃいいのに、あいつ、真面目なんだな」

なるほど、手に学級日誌を摑んでいる。職員室に提出して帰るつもりなのだろう。

加藤さんは私の肩をぽんと叩くと、ちょっといたずらっぽく笑った。

「よお、渡部純一。律儀なことだな」

渡部くんの伏せられていた目が上がって、加藤さんを見た。しわがれ声で答える。

「――担任に」

「言われたくらいで日直なんてこなすから、律儀だって言ってんの。――来光福音が訊きたいことがあるんだってさ。午前中は、ほら、こいつは会話に参加できてなかっただろ」

真っ黒で深遠な瞳がこちらを向いて、ぴたりと見据えた。私の全身を、血液がどくりどくりとめぐっている。突然の緊張に、呼吸が苦しかった。

「き、訊きたいことなんてないよ。あ、私、図書室に行ってるね、あの、帰りに電車で読む本、借りないと」

私は言い終わりもしないうちにその場を離れた。渡部くんは、横を走り抜けた私を、振り返りもしなかった。

渡り廊下の途中でスピードを落とす。それでも、足を止めたら何かに追いつかれる気がして、早足のまま図書室に駆け込んだ。静かで冷たい空気へ飛び込んで初めて、頭にまともに酸素がいきわたったような気がした。

図書室では、そこここに三年生が散らばって参考書を広げていた。図書室や図書館は本を借りるための場所だと思っている私にとっては、少々窮屈である。

いつもの癖で、奥の小説の棚へ向かう。目についた背表紙を抜き出しては、裏表紙のあらすじを読み、頭に入ってこないので二度三度と読み返しては、別の本を抜き出した。

――結局。

私はまた逃げ出してしまったのだ。話しかけたいと思う気持ちは、小学生だったあの頃から変わらないのに。

「よお、文学少女」

肩にぱんと手が置かれて、私は急速に現実に引き戻された。振り返った頰に人差し指が突き刺さる。

「加藤さん……」私は頭を振った。「えっと、渡部くんは？」

「さあ。帰ったんじゃないの」

「あの後、何を話したの？」

「何も。せっかく話す機会作ってやったのに、来光福音、いなくなったし」

「私は天才じゃあないもの。そこにいたって、会話には入れないよ」

「じゃ、次からは凡人にもわかるように喋ろうか？」

「それは……」

渡部くんと世間話をしている自分を思い浮かべようとして、だけどそんな場面はまったく想像できなかった。そんなのは、彼らではないような気がする。平易なごく当たり前の会話なんて、話そうと思うことすらないのが、渡部くんであり加藤さんなのだろうから。

「でも、加藤さん、さっきみたいなのは困るよ。無理に私と渡部くんを会話させようとしていたでしょう」

まるで小学生みたいに。

「いきなりあんなこと言い出して、なんだったの」

「何って、量子論の話、聞きたかったんだろ?」

そういえば。

「渡部くんに訊いてみたらって、たしかに加藤さん、言ったけれど……」

本気だとは思わなかった。

「そんなこと訊かれても、渡部くん、きっと困るよ。説明してもらっても、私には理解できないだろうし……。困るよ、ああいうの、いきなりは」

「そ? 来光福音、仲良くしたそうに見えたからさ。ま、いいや。作戦会議だ、作戦会議」

加藤さんは頭をさっと振り上げた。ついてこいという意味だと思う。

彼女は図書室の窓をがらりと開けると、あっという間に飛び越えた。

窓の外はベランダだ。「早く来いよ」と言われて、私も仕方なしに窓枠に手をかける。貸出カウンターの方をうかがって、えいと窓を乗り越えた。

「窓閉めろ、来光福音」

そのとおりにして、室内から見えないように頭を下げた。

ベランダは隣の教室ともずっと続いているけれど、当たり前のように誰もいない。クーラーの室外機が耳障りな唸りをあげている。

「これまでのことをまとめていこう」

ポケットから取り出した単語カードから、すでに書き込まれてあるものをひととおり床に並べると、加藤さんは言った。

「まず、現場にいた人間の立ち位置がわかったな。上り方向から順に、三村大輝、草野由美、右梅咲江、篠崎良哉、坂足幹男。視力の問題さえ無視すれば、どの位置からでも、篠崎良哉を目撃することはできた。あいつはホーム際に立ってたからな。ただし、坂足幹男については、ほかの目撃者との位置関係の話が出てないから、嘘をついていた可能性はある」

「ミッキーが怪しいということ？」

「まだなんとも。嘘をつくことが可能だったってだけ」

「もし……もしもミッキーが犯人なのだとしたら、私たちにアドバイスなんてするかな」

篠崎くんの当日の行動を調べたほうがいい、と具体的なことまで先生は助言してくれた。

「汎用性のある意見だと思うけどな。ま、それだけに一理ある。篠崎良哉が自殺した日、十四時五十分に模試が終わってからどんな行動をとっていたかわかっていないわけだし、現場の目撃者の中から洗う方向は失速してきたから、別方向から攻めるのもいいかもな」

加藤さんは、白紙の単語カードに「空白の百十三分」と書き込んだ。

「それから、篠崎良哉が飲まされた毒を回収して、中身を調べたい」

「毒を回収って、どうするの？」

「草野由美の証言からも、篠崎良哉が飲んでいたカプセル薬の中に毒を入れられた可能性が高いだろ。ほかに方法はない。遺品の中に茶色い半透明のピルケースがあれば、間違いなくそれだ。中を調べてみりゃ、毒かどうかはすぐわかる。――そこで、篠崎良哉の家に忍び込む」

「却下」反射的に言った。「現実的ではなさすぎるよ」

「言うと思った」

加藤さんは最初から却下されるのがわかっていたみたいだった。冗談だったのかもしれない。

「そうなると、ほかに直接的な手掛かりはないな。篠崎良哉の当日の動きにしても、今のところそれがわかるような噂話は聞こえてこない。あの日あいつがクラスメイトたちとのんきに過ごしていたなら、最後の日に話したって自慢する奴が少なからずいるはずだろ。つまり、篠崎良哉があの日何をしていたのか知っている人間はそういないってことだ。全校生徒にでも聞き込みをすれば、どこにいたのかくらいはわかるかもしれないけどさ。

次」

加藤さんは、単語カードに「篠崎良哉の秘密」と書いて、コンクリートの床に置いた。

草野さんが教えてくれた秘密である。篠崎くんは実は偽物の天才だった。

「だけどそれって、よく考えたら死ぬほどの秘密じゃないよね？」

「そうか？　天才ってのは周囲の評価で成り立つアイデンティティだろ。それが失われるのは、本人にとってはおおごとじゃんか」

「そんなに執着しているようには見えなかったけれど……」

それとも、自分から天才と呼ばれることを目指したくらいだから、やっぱり心の奥では強く憧れていたのだろうか。天才と呼ばれて照れたように笑っていた裏側で、騙される私たちに対して優越感を覚えていたのだろうか。

想像がつかない。

「篠崎良哉が偽物であることを知って恨んだのか、別件で恨んで執着していたからこそ偽物であることに気がつき、それを利用して殺したのか。犯人が反対側のホームで死ぬところを見ていたんだとしたら、その候補はいくらでもいるな」

「つまり、犯人が三村くんや草野さんじゃなかった場合、ということだよね。東高の人たち一人ひとりが篠崎くんをどう思っていたかなんて調べられないし……手詰まりだね」

「そうでもない」

加藤さんは、広げた単語カードをかき集めると、本屋に行こうぜ、と言った。

「現状、まだ詰められる情報といったら、花瓶の薔薇のことくらいだからな」

「薔薇を活けている人は犯人じゃないって、渡部くんが言っていたんじゃなかったっけ」

「だから外堀だ。直接犯人のことがわかるわけじゃないが、まったく関係していないとも言いきれない。気になるんだよなあ」

調べものなら図書室でも構わないのではなかろうか。ちょうどここにいることだし。

「ここじゃ無防備すぎるだろ」加藤さんは私の考えを読み取ったらしい。「犯人が校内にいる以上、どこから見てるかわからない。関係する本もなさそうだったし」

そんなことを言ったくせに、鞄をとってきて合流した後、彼女が入ったのは学校の正門の向かいにある、小さな鄙《ひな》びた書店だった。控えめな性格を自負する私も、さすがに異議を唱えてしまった。話し声が店の反対側ででも聞こえるような手狭さなのである。図書室よりずっと危険だ。

ところが加藤さんは、しれっとして言った。

「大丈夫だって。店のドアを開ければ、しけたメロディが鳴る。それに、うちの生徒でここを使ったことがある奴なんて、十人もいないから」

私は慌ててレジのほうをうかがう。店員さんは、今は奥に引っ込んでいるようだった。

植物関係の棚には、図鑑や花言葉辞典、採集ガイドがぎっしり詰まっている。

「本でいっぱいの本棚って、やっぱりすてきだよね……」

加藤さんは、そう、と受け流して、何冊か抜き出した。

「来光福音はこれよろしく」

渡されたのはガーデニングについての入門書だった。表紙には英国風の庭園の写真が使われていて、その中央の真っ白なテーブルセットの脇に、赤い薔薇の茂みが写っていた。

「薔薇の育て方くらいしか載ってなそうだけれど……」

「調べてみて。花言葉。コラムとかにあるかもしれないから」

加藤さんは投げるように言って、自分は花言葉の分厚い本を開いた。

私もしぶしぶ探すが、花言葉のことなんて、どこにも載っていない。せいぜいが、赤い薔薇の花束がプロポーズに使われる、というどこの国の風習かわからないような情報くらいだ。

「これはインターネットで検索したほうが早いかもしれないよ」

加藤さんは、うん、と生返事をよこしてくる。

「……薔薇の花言葉、見つかった?」

加藤さんは花言葉辞典をぱたんと閉じた。

「情熱、熱烈な恋、あなたのことを愛している。そんなとこ」

「イメージどおりだね」

愛の告白に使われる花なのだし。

「やっぱり、篠崎くんを慕っていた女の子が、告白のつもりであの薔薇を供えているんじゃないかな」

「どうだか」

本を棚に戻して、加藤さんは本屋を出た。私は、いつの間にかレジに立っていた緑のエプロンのおじさんに、軽く頭を下げて続く。

人気のない商店街には、蟬《せみ》の声ばかりがこだましていた。こうも毎日暑いと、今日が比較的涼しい日なのか特に暑い日なのか、わからなくなってくる。いや、どうでもよくなってくる。

貧血気味もあって、きっと顔色が悪かったんだろう。加藤さんは私の顔をじっと見つめると、体を冷やすか、と言った。

ロータリーから駅へと上る階段の下に、自動販売機とベンチとが並んだスペースがある。東高生でも派手なグループの子たちがたむろしているのをたまに見かけるけれど、普段はタクシー運転手の休憩所がわりになっている。

日陰のベンチに座って自動販売機のアイスを齧っていると、ようやく頭の中がクリアになる気がした。

「来週から八月だもんね」

今がいちばん暑い時期だよね、と物珍しげにちびちびとアイスを食べる加藤さんに話しかけた。彼女はアイスを味わう舌を止めずに、そうかもな、と答えた。

「もうじき自学合宿だね。加藤さんも行くの?」

東高、夏の恒例行事である。夏休みの勉強に今ひとつ気合が入らない生徒たちのために、ホテルをひとつ貸し切って、三泊四日の勉強合宿をするのだ。参加は希望者のみとはいえ、先生方がやたらと勧めるし、参加費も、学費とともに徴収したものを不参加者にのみ返却する形だということもあって、参加することが当たり前だという風潮になっている。特に、受験を控えた三年生ともなれば、九割九分の参加率である。

今にも潰れそうなホテルに缶詰で勉強では、なんのおもしろみもないけれど、やっぱり友達とのお泊まりは楽しみなものである。

「は?」加藤さんは、心の底から何を言っているのかわからない、という反応をよこした。「なに、それ」

「何って、八月の合宿。毎年あるでしょう」

「それは知ってるけど。なに、あたしが行ってどうするわけ?」

たしかに、勉強をまったくしない人からしたら、一日十時間近くも、先生方にスケジュールを管理されて自習だなんて、とてもじゃないけれど参加する気になれないかもしれない。

「そ、そうだよね、加藤さんたちは、別に勉強しなくてもいいんだものね。わざわざ来ても……」

最後までは言えなかった。

薄暗い階段下で、加藤さんの表情にも影が落ちて見えた。食べかけのアイスが中途半端な位置まで持ち上げられたまま、放っておかれている。

「加藤さん？」

「来光福音は行くわけ、自学合宿」

「それは、もちろん……」

どうしてだろう、ただの世間話に、何か重たい意味が付随しているのを感じてしまうのは。何か訴えかけてくるものがあるように思えるのは。

加藤さんの表情が、横髪の陰になって読み取れない。

——もしかして。

「加藤さん、私に自学合宿、行ってほしくないの……？」

溶ける、と言い訳のように呟いて、加藤さんはアイスを食べる作業に戻った。もう、さっきまでのようにおいしそうに味わっている様子はなかった。

——あたしを差別しないからだったのかもね。

そう、加藤さんは言ったじゃないか。坂足先生のことについて。

もしかして、天才は、天才たちは、一線を引かれることを望んでいないんじゃないか。望まずに天才と呼ばれてしまったのではないか。

「加藤さん……」

——やっぱり寂しいんだ。加藤さんも、渡部くんも。

「加藤さん、行こう」

私は償いのように言った。

「自学合宿、行こうよ。今からでも、加藤さんが頼めば、先生たちも参加させてくれるよ」

「行く意味がないって言ってるだろ」

「あるよ。あるんだよ。だって、私は加藤さんと合宿に行きたい」

彼らが本当に寂しくて、孤独なんだとしたら、天才たちに必要とされていないだとか、手を差し伸べられないと近づけないだとか、そんな理由を並べ立てて距離を置いていた私には、責任がある。

だって、それは逃げだ。仲良くできるものと最初から思っていては、些細《ささい》なことで傷がつくから、遠ざけていただけだ。

「行っても何もすることないけど」

「捜査できるよ。……捜査、しようよ」

加藤さんは観念したようにため息をついた。

「あんた、意外としつこいのな。最近反抗的だと思ってたけど」

わかったよ、と彼女は言った。

「ただし、捜査方針くらいは立てとけよ。わざわざ出張するんだからさ」

レミニセンス・YK

国語の吉岡先生は、あたしのことを嫌ってると思う。

なんでか知らないけど、あたしが良哉君のこと好きだってことがバレていて、進路面談のたびに「チャラチャラしてないで勉強しなさいよ」と小言を言われる。吉岡が担任になったのが運の尽き。馬に蹴られてしまえ。

二年三組の教室から脱出して、階段を駆け下りる。手を滑らせた手すりが氷のようだ。南校舎一階に降りると、すぐそこに美術室がある。

良哉君は部活をやっていないけど、今日はここにいるはずだ。美術の授業で描いた油絵が学校代表で出展されることになって、さらに仕上げるように言われているのだ。

こういう情報は、いつもお咲が教えてくれる。この夏から吹奏楽部の部長になった、優秀な女の子。いつもあたしの話を聞いてくれるし、良哉君のことも教えてくれる。良哉君とは中学校どころか部活までおんなじだったから、貴重な情報源なのだ。あまりしつこく訊きすぎると、嫌な顔をされるけど。

今は期末テストの時期だから、美術部の人たちもいないはず。つまり、二人っきりだ。先生いませんように。

そっと扉を開ける。いた、良哉君だ。カンバスを前に、木の椅子に腰かけている。ちょっとカールした茶色っぽい髪が、夕日の名残に透けている。

「良哉君」

ブレザーの肩が、びくっと上下した。その右手が握っているのは、絵筆じゃなかった。半透明の茶色いケース。中にカプセルが詰まっている。良哉君は慌ててそれをポケットにしまおうとした。膝の上に広げたままになっているスケッチブックも気になったのか、同時に閉じようとして、彼はそれを床へ落とした。

スケッチブックを拾い上げながら、良哉君はなんてこともなさそうにあたしを振り返った。

「やあ、草野さん。どうしたの?」

「……ううん、何も」

私の目は、彼の制服のポケットから離れない。

「良哉君、さっきの……お薬?」

「ああ、うん、ただの栄養剤だよ。ここのところ風邪気味だから。草野さんも気をつけてね」

寒いしね、と良哉君は筆をとる。その肩が緊張していた。ほかの部活の助っ人《すけと》で大会に出るときも、全校生徒の前で賞状をもらうときにも平気でいる良哉君が、ガチガチに緊張していた。

あたしは閉じられたスケッチブックに目をやって、ちょっと迷って、言った。

「ねえ、良哉君」

「ん？」

「そのスケッチブック、すごいね。絵がびっしり描いてあった。学校で配られたやつじゃないよね？　家で使ってるの？」

筆が止まった。

良哉君はこちらに背を向けたまま考え事をしているみたいだった。あたしは、やっぱり言うんじゃなかったかな、なんて少し後悔し始めていた。こんな意地悪なこと、言うべきじゃなかった。嫌われるかもしれない。すでに半ば負け戦なのに。

「中、見えちゃったか。そうだね、これは家で絵の練習をするスケッチブックだよ。もう何冊目かわからないけど」

振り返った良哉君は観念して吹っ切れたような笑顔だった。あたしは許された気がしてちょっと近づく。

「それじゃあ、さっき開いていたページは？」

「この絵の元になったスケッチ。授業で建物の絵を描くっていうから、葉山駅の写真を明け方にこっそり撮りに行って、練習したり構図を考えたりしていたんだよ」

一年生のときには五組と六組だったから、選択芸術の授業は合同だった。授業中にはその場で思いついたように描いていても、実は家でずいぶん練ってきたものだったということだ。

「そういうわけなんだよ、草野さん。僕はいつの間にか、練習も勉強もしていないのになんでもできる、なんて言われるようになってしまったけれど、実は家でそれなりの努力をしているんだ。誤解が広まってしまったからちょっと言いづらくなっちゃったし、今では秘密のままにしておきたいと思ってる。草野さんも、今日知ったことは誰にも言わないでくれるかな」

「ほかには誰も知らないの？」

「誰も知らない。僕の両親と祖母以外はね」

「わかった」あたしはせいぜい頼もしく見えるよう、力強く頷いた。「良哉君が本当は努力しているってこと、誰にも言わないからね。良哉君はこれからも今までどおりの天才」

「ありがとう。見つかったのが草野さんで本当によかった」

——そう、これ。

あたしはこういう言葉が聞きたかったのだ。一年生のときから、ずっとずっと彼のことを見てきたのだから。

「でも、勝手に勘違いされちゃって、良哉君、大変だったよね？　本当のこと、言いづらくなっちゃったんでしょ？」

あたしは彼の脇に立って、カンバスを覗くふりをした。距離が近づく。

「まあ、僕があまり言わなかったからね。徹夜で勉強なんて、なんの自慢にもならないよ」

「……天才って言われるの、嫌だった？」

「うーん」良哉君は絵の具を塗り重ねる。「嫌ではなかったかな。ちょっと嬉しかった。昔から憧れてたんだ、天才っていわれるような人に。小学校のときにそういう先輩がいてね。勉強してないのに、本当に成績が良かった。先生たちが中学校受験の問題集を持ってきて、早いうちからいい学校に行ったほうがいいからって、特別に応援されたりしてて」

まるで今の良哉君みたいだ。

「そんなふうになりたくて、真剣に勉強するようになったんだよね。だから、天才って呼ばれて嬉しかったよ。本当にそうなれた気がして」

そうなんだ、とあたしは頷く。

「そういうの、すごく尊敬する。だって、良哉君、ずっとがんばってきたんでしょ。あたしなんて、テスト前だってテレビ観《み》たりメールしたりしちゃうよ。勉強しなきゃって思うのに、すぐ眠くなるし」

良哉君は笑った。

冬の日は短い。窓の外はもう真っ暗になっていた。

「絵、どう？　完成しそう？」

「おかげさまで。締め切りの三日前には終わりそうだよ」

ということは、明日だ。

「なんだかあっという間だね。せっかく……」

せっかく、二人きりで話せるチャンスだったのに。

「草野さんも期末試験の勉強しなくていいの？　東京の大学行きたいんでしょ」

良哉君は笑いながら筆を動かして、夕日に染まる駅舎の影を濃くしていく。

「ちょっとくらい平気。良哉君が勉強教えてくれるもの」

「草野さんががんばってたらね」

そして二人して笑いあう。

ふと思いついて、あたしは訊いてみた。

「渡部君、だっけ。あの人はいつも机で何かしているけど、加藤さんはどうなのかな。加藤さんって、篠崎くんみたいに、勉強してないのに模試とか学力テストとか一番とる人って言われてるよね？」

僕は勉強してるけどね、と嫌味なく言って、

「加藤はね、本当に勉強してないよ。どうして自分がいい点をとれるのかわかってないんだ。だから本当の天才だね」

そんな言い方をすると、良哉君が偽物みたいでおもしろくない。

「だけど、ほかの二人と良哉君って、なんかぜーんぜん違うよね。雰囲気っていうか……あの二人、なんか怖いんだもん」

「そんなことないよ」良哉君はまた笑った。「あの二人も、結構いい奴だよ」

「良哉君、仲いいの？」

「渡部とは去年も同じクラスだったからね。少し話したことがあるんだ。それに、見ていればわかるよ」

「遠くから見てる分にはいいんだけど、喋る距離には近づかないほうがいいよ。加藤さんにね、一年生のとき、心を読まれたの。たまたま手洗い場で一緒になって、そのときあたし、数学の点数が悪くて落ち込んでたんだけど、加藤さんがいきなり、次の定期テストはヤマ張らなければ大丈夫だ、って。それまで話したこともなかったんだよ！」

「人の心を読める女って呼ばれてるらしいね。加藤、誤解されやすいんだなあ」

良哉君、誰の話題になっても笑ってるんだ。楽しそうに話しちゃって。

それに、良哉君は一生懸命勉強してもあの二人に負けることがあるのに、全然きらいにならないみたいだ。

あたしは窓に近づいて、手近な椅子に腰かけた。なんだかだるい。

机に上半身を投げ出してしまおうかと思ったけれど、机の表面は古い絵の具の跡でいっぱいで、汚そうな感じがしたのでやめた。仕方なしに、背もたれに体重を預けてぼんやりと外を眺めていた。

「もう真っ暗だね……」

「星は見えるかい？」

良哉君はいつの間にか手を止めて、こちらに微笑みかけていた。

「星？」

「そう、星」

あたしは冷たい窓ガラスにぎりぎりまで鼻を近づける。空は真っ暗で何も見えなかった。

「見えないよ」

「曇ってるの？」

「ううん、暗いだけ。晴れてるよ」

「それじゃあ、宇宙の色が見えているんだ」

良哉君はそう言うと、隣まで歩いてきて、窓を開けた。冷たい風が吹き込む。背後で、絵筆が転がり落ちる音がした。

「ほら見て、草野さん。普段はただの空なのに、夜だけは、僕たちにも宇宙が見えているんだよ。あれが宇宙の色だ」

「良哉君、宇宙、好きなの？」

「うん、将来は宇宙飛行士になるつもりなんだ。——宇宙に行きたいんだよ」

良哉君はちょっと首をかしげるようにしてこちらを見ると、微笑んだ。

「宇宙じゃないとできない実験が山のようにあるからね」

「良哉君ならなれるよ」つられてあたしまですっかり笑顔になってしまった。「なれるよ、きっと、良哉君なら」

普段、友達が夢を語ったときには、あたしなんてなんの夢もないし、と落ち込んでみせるのが常なのに、今はそんな気にはなれなかった。そんなことを言う必要も、たぶん、ないから。

「良哉君を応援してる」

「ありがとう、草野さん」

良哉君はやっぱり、ほかの人たちとは全然違う。大人よりずっとしっかりしているし、ずっと優しい。

「寒いね。そろそろ閉めようか」

それから、カンバスの前に戻って筆を拾いしなに、彼は言った。

「草野さんにお願いがあるんだ。加藤にさ、優しくしてあげてくれないかな。あいつ、きっと寂しいと思うんだ」

「そうなの？」

そうは見えないけど。

「ピアノの天才は、きっとピアノが大好きなんだよ。どこまで行ったって、ピアノがあるから、そこまで寂しくないかもしれない。バスケの天才だって将棋の天才だって同じだ。でも、それじゃあ、加藤は？　何があるっていうんだ。天才同士、ろくに接することもできないのに」

「良哉君？」

あたしは息をのむ。

「良哉君も……寂しいの？」

「僕は大丈夫。おかげさまでね。だけどあの二人は」

ね、頼むよ。

良哉君は真剣だった。

「天才も、二十歳過ぎればただの人、っていうだろう。今がちょうど、ただの人に着地し始める時期なんだ。あの二人にとっては、自分がすごく寂しいところにいると気がついて、未来のことが見えてきて、本当につらい時期なんだよ。一人だからね」

「友達、いなそうだもんね」

あたしは震えそうな声でそう言ってみた。良哉君は笑ってくれた。

「誰かが一緒にいてあげないといけないんだ」

これが、二年生の冬、十二月のこと。あたしは良哉君からの最後のお願いを、結局どうすることもできなかった。

第九章　七月二十九日（火）

模試の日には、机の中を空にするきまりになっている。カンニング防止のためだ。朝のホームルームが始まる前に、私は教科書やノートを腕いっぱいに抱えて廊下に出た。ロッカーに数冊ずつ差し入れていく。

「フクちゃん、おはよう」

登校してきた綾ちゃんが、私の二の腕に触れる。私も、おはよう、と笑顔で振り返った。

「ねえ、フクちゃん聞いた？　今日の模試の結果ね、十月の三者面談で使われるんだって。どうしよう。十月の面談って、志望校決めにいちばん響くっていうよね」

「荒井先生がこの後にも言いそうだね……」

「昨日も勉強したんだけどね、一個、どうしてもわからないところがあったの。数学の証明問題なんだけど……」

と肩かけ鞄を開こうとするので、私は慌てて言った。

「わからないところは先生に訊きに行ったほうがいいと思うよ。私も自信がないし……」

数学は大の苦手なのだ。

綾ちゃんは大仰に肩を落とした。

「そうだよね……。でも、先生、きっと模試の準備で忙しいよね」

私は、ごめんね、と肩をすくめた。

「ううん、いいの。模試の前に、ほかの人の勉強をみてる余裕、なかなかないもん。うちのクラスにも、篠崎君みたいな天才がいたらよかったのにね」

それからすぐ、しまったという顔になって、綾ちゃんは私の空いた手を握った。

「あの、ごめんね、フクちゃん。あたし、変な意味じゃなくて……」

「どうして謝るの、綾ちゃん」

「だって……ねえ、フクちゃんさ」

綾ちゃんは私の手を握ったまま、言った。

「一年生のときに、篠崎君と話していたの、覚えてる?」

「……え?」

綾ちゃんは真剣な表情だった。

一年生のときには同じクラスだったので、言葉を交わしたことは何度かあるけれど。

どういうこと、と訊ねようとした瞬間、彼女の目が大きく見開かれた。私の肩越しに何かを見ている。振り返ると、加藤さんが廊下の向こうからやってくるところだった。

「よお、来光福音」

綾ちゃんの指に、ぎゅっと力がこもる。

「おはよう、加藤さん」

「次の動きのことだけど――」

「あ、ちょっと待って……いま、綾ちゃんとお話の途中なの」

先に話しかけてくれたのは綾ちゃんのほうなのだ。

私が向き直ると、綾ちゃんはぱっと手を離して、それを胸の前でぶんぶんと振った。

「い、いいよ。大事な話でしょ？　アヤ、勉強しなくちゃいけないから」

そして教室に駆け込んでしまう。

「……加藤さんもしかして、綾ちゃんに嫌われているの？」

「さあ。心当たりはないけど。――ところで来光福音、何か落ちたぞ」

加藤さんが長身を折って、綾ちゃんがいた場所から何かを拾い上げた。二つに折られて名刺サイズになった白い紙だ。

「私のじゃないと思う……」

反射的に受け取って開く。

自分の表情筋が仕事をやめたのがわかった。

『これは篠崎良哉が仕組んだゲームだ。部外者は関わるな』

それだけ。

「――どうした、来光福音」

「これ……」

加藤さんが私の手から紙を取り上げる。

まがまがしい筆跡の手紙だった。２Ｂの鉛筆を握りこんで刻みつけたような、妙な勢いと濃さの字だ。高校生にもなってこんな書き方をする人はいないから、きっと筆跡を隠すためだろう。

「これ、どこに入れられていたのかな」

やっぱり私宛てだよね、と見上げると、加藤さんは眉根を寄せ、手紙を睨《にら》んでいた。

「そんなことより、いつ書かれたのか、のほうが問題だ」

「ごめん、わからないかも……」

補習授業が行われる科目は限られているので、夏休みに入ってからは、机の中には主要教科の教材を入れっぱなしにして、ロッカーを開ける機会がなかったのだ。机の中は中で、教科書のページに挟まっていたなら、そうそう気がつかなかったかもしれない。

「もしかして、これ、犯人からかな」

「だろうな」

「加藤さんのところには来ていなかったの？」

彼女は廊下を端から端まで見渡すと、さっと踵を返した。ぞんざいに手を振る。ついてこいという合図だ。私は、抱えていた教材を慌ててロッカーに突っ込む。

登校してくる生徒たちの流れに逆らって三年一組まで戻ると、加藤さんは自分のロッカーを開いた。中には、体育館用のシューズと、新品同然の教科書の類いが無造作に積まれていた。

「やっぱりないな」

使われた形跡のまるでない資料集や教科書を、二人でひととおりめくってみたけれど、それらしい紙片は見つからなかった。

「加藤さんの教科書に手紙を挟んでも、気がつかないまま卒業されそうだもんね……」

それから私たちは、三年一組の脇にある北東の階段まで行くと、人通りが途切れたときを見計らって、四階に上がった。屋上の手前には、相変わらず妙にこぎれいで明るい空間がひっそりと隠れていた。

「部外者は関わるなって……犯人は、私も篠崎くんの手紙をもらったこと、知らないってことだよね」

「だろうな。ま、誰にも話してないんだから、大した手掛かりにはならないけどな」

犯人は絞り込めそうにない。手紙のことを知っている人のほとんどは加藤さんにだけ手紙が来たと思っているし、私と加藤さんがここ十日ほど、一緒に行動しているところは、いくらでも目撃されているのだから。

「これは篠崎良哉が仕組んだゲーム、か。楽しそうで結構なことだな」

ひんやりした床の上に胡坐《あぐら》をかいて、加藤さんはそう言った。本心から言っている口調ではなかったけれど。

「これで、犯人は少なくとも、あたしが篠崎良哉について調べることには正当性があると思っているってことはわかった。その根拠が手紙が遺されたことだとしたら、犯人は、来光福音にも手紙が遺されたことを知らない。篠崎良哉も合意の上で始まったものなら、来光福音は篠崎良哉の隠し駒、切り札だってことだな」

そんな立派なものにはなれそうにもない。

「ゲームって、どういうことなんだろう。私や加藤さんが犯人を見つけられるかどうかという賭け？　篠崎くんは私たちなら見つけられると思って手紙を遺したということかな」

そうは言ったが、それにしたって命を賭けることはなかっただろう、と私は思う。

「たしかに、それも疑問点だ。メモひとつで可能性が一気に広がったな。めんどくさい」

階下からチャイムが響いてきた。ショートホームルームが始まる。

「加藤さん、私はもう行かないと。続きはまた後でね」

当然のようにホームルームをサボる加藤さんと別れて、私は、挨拶のためにいっせいに椅子の動く音がする中を、急いで駆け戻る。教室に入ったときには、クラスメイトたちは礼を終えて着席するところだった。まだ出席はとっていない。セーフだ。

予想どおり、荒井先生は、今日の模試が受験校決定にいかに重大な影響を及ぼすか、模試の監督の先生に廊下からプレッシャーをかけられるまで、ひたすらに熱弁をふるった。そのまま上機嫌で教室を出ていくものかと思いきや、解散とともにざわめきだした教室の中で、私の机をとんとんと叩く。

「来光、ちょっと、こっちゃ来い」

遅刻してきたことだろうか。ギリギリセーフだと思ったけれど、やっぱり、最前列の生徒が遅れてきたんじゃ示しがつかないということだろうか。

荒井先生は私を従えて廊下に出ると、窓際に寄って、彼にしては小さな声で切り出した。

「来光、あのな、今日の放課後、教官室に来られるか」

「教官室……」

「指導教官室だ。体育館の端にある」

この学校も三年目だ、場所ならもちろん知っていた。入ったことはないけれど。

私には到底縁のない部屋だと思っていた。

「あの、私、教官室に呼ばれるようなこと、したんでしょうか」

「うん？　いや、そうじゃないんだ、うん」

荒井先生はせわしなく手を振って、

「ただな、ことがことだ、あまりほかの生徒には言わないようにな。それじゃあな、模試が終わったらすぐだぞ」

先生が社会科準備室に引き上げていった後も、私はしばらく、廊下にぽつねんと立ち尽くしていた。

——指導教官室。

東高における、生徒指導の聖地のような場所である。

生徒指導室も南校舎にあるにはあるけれど、そちらはほとんど形だけのもので、お説教のときには指導教官室が使われる。どうしてかといえば、生徒指導部長の佐々木先生をはじめ、強面《こわもて》で厳しい体育の先生たちが揃っているからだ。ほかの教科の先生たちがいるのは「準備室」なのに、体育だけは、体育会系の部活動の指導の意味もあって「指導教官室」なのである。今では「生徒指導教官室」だと思われている節が多分にあるが。

集中できないままに模試を乗りきり、残酷なカウントダウンのように日本史の解答用紙が回収されるのを見送ると、綾ちゃんにつかまる前に、体育館へと向かった。

バレー部もバスケ部もまだ来ていない体育館を、上履きサンダルを手にぶら下げて横切る。砂漠を横断しているみたいに殺風景な道のりである。

それも半ばまで進んだとき、足音がひとつ増えた。振り返ると、体育館の入り口から、同じく裸足《はだし》で歩いてくる人影がある。長い髪がなびいている。

「来光福音じゃん」

「加藤さん」進んだ道を引き返して彼女に駆け寄った。「もしかして加藤さんも呼び出されたの？」

「そんなとこ。帰ろうとしたら、担任に捕まってさ」

と肩にかけたスクールバッグを叩く。一組の担任の先生も大変だ。

「来光福音も呼び出されたってことは、用件はひとつしかないいな」

加藤さんは決闘に挑むように、指導教官室へと向き直る。

「どこでバレたんだろうね」

いくら加藤さんが誰かと一緒にいることが珍しいとはいえ、先生方が熱心に探りを入れるほどのことではないはずだ。

「犯人だろ。これがゲームだって思ってるんなら、ちょうどいい妨害ってところだ」

体育館の端、更衣室の隣に並ぶ扉を、加藤さんがノックした。野太い声が返ってくる。生徒指導部長の佐々木先生だ。私は一挙に緊張する。

失礼しますと中に入ると、想像していたより先生の数が多かった。佐々木先生と、ほかに強面の体育教師が二人、そして隅っこには所在なげに荒井先生が佇《たたず》んでいる。むさくるしくてがっちりした体型だけれど、本物の体育教師に囲まれると、さすがの荒井先生も弱そうに見える。

荒井先生は私と目が合うと、わざとらしく腕時計に目を落とした。気まずそうだ。

「おお、加藤と来光だな。もう一人はまだか？」

私と加藤さんは顔を見合わせる。

「いえ、ほかには誰もいませんでした」

代表して私が答えると、今度は先生方がお互いに視線を交わした。ともかく待つことにしたのか、佐々木先生は、空いている事務椅子を二つ、こちらに滑らせた。

指導教官室も、入ってみれば、ほかの準備室と中身はほとんど同じだ。先生方のデスクと、保健の教科書や教材の並ぶ棚、そして生徒には詳細を知らされることのないファイル。

「おまえたち、いつの間にか仲良くなったんだなあ」

佐々木先生は、ジャージに包まれた太い腕を組んでしみじみと言った。一年生の頃から私たちの学年副主任でもあったので、学年集会や担任の代理で、わずかながら接する機会があったのだ。

「ああ、それとも、来光は加藤じゃなくて……」

言いかけたところで、小さなノックの音が聞こえた。蚊の鳴くような声をノックにしたらこんな感じだろうというような音だった。ドアにプレートがかかっていたなら、風でそれがぶつかったんだろうと勘違いしてしまうくらいの。

「入っていいぞ」

佐々木先生は威勢のいい声を上げる。

戸口に姿を現したのは、猫背で伏し目がちの、そう、もう一人の天才だった。

「わ、渡部くん」私は立ち上がる。椅子のキャスターが、跳ねて派手な音を立てた。

「ど、どうして？」

渡部くんは私をちらりと見て、それからその場の状況を把握するみたいに、部屋の中をゆっくりと見回した。

「え、えっと、ここ、どうぞ」

私はなぜか恐れ多い気がして、彼のほうへ椅子を差し出した。

先生方が、驚いたような疑っているような目を私に向ける。

「いい、渡部はここに座れ」

体育教師の一人が、自分の椅子から立ち上がった。

呼び出された私たちは、四人の先生方に囲まれて座ることになる。お説教する側のほうが数が多いなんて、とびきりの不良行為をしたみたいで落ち着かない。

「おまえたちに来てもらったのはな」佐々木先生が口火を切った。「まあ、なんだ、おまえたちが、篠崎のことについて、あれやこれや疑問を持っているという話を聞いてな」

やはりそのことか。

「篠崎がな、何に悩んであんなことを選んだのかは、正直、先生たちにはわからん。ご家族にもわからんだろう。気がついたなら、助けてやろうとしただろうからな。本人にしかわからんことなんだ」

ちらりと横を見ると、加藤さんは無表情でまっすぐに佐々木先生を見上げていた。顔も中身も学校一こわいと評判の佐々木先生でさえ、それを正面から見つめ返すことはできないらしい。ほとんど私に向かって話しかけていた。

「加藤も渡部もな、仲の良かった篠崎が亡くなって気が動転しているのは承知の上なんだがな、今さらあれこれ聞いてまわったところで、ほかの生徒が動揺するだけだ。わかるな？　おまえたちが何かすれば、やっぱり、何かあるんじゃないかと思うだろう、みんな。三年のこの時期に、篠崎のことを思い出して落ち込んだりなんだりしたらな、将来に影響の出てくる生徒もいるかもしれん。そこのところを汲《く》んでやってくれないか。なあ、篠崎もそんなふうに余波を広げたくはなかっただろうし。な？」

　私は叱られたときの習性で無条件に頷いたけれど、両隣からはなんの反応もなかった。加藤さんは得られる情報を一ミリも逃すまいと佐々木先生や周囲を観察しているし、渡部くんは床に視線を落としたままだ。

　仕方なしに、私は口を開いた。

「あの、先生、すみません。私たち、周りの迷惑を考えていなくて……」

「そこを理解してくれればいいんだ」佐々木先生は目に見えてほっとした。「その、来光も自分の進路のことを考えてな、ほどほどに……」

「誰なんです」

　遮ったのは加藤さんだ。

「先生方は誰からそれを聞いたんです」

「ただの風の噂だ」

　あからさまな嘘だ。私にだってわかる。

　加藤さんは何も言わずに佐々木先生を睨《ね》めつけていた。努めて動じないようにしている佐々木先生にも、それを見守る三人の先生方にも、ささやかな不安が広がる。きっと、加藤さんが心を読める女と呼ばれていることを思い出したのだろう。

「たとえ生徒から直接相談を受けたんだとしても、それは言えん。わかるだろう、加藤」

「わかった上で質問したんです」

「……三人とも、今日のところはもういい。さっき言ったことだけよく心に留めて、これからの行動を考えてくれ」

解散を告げられて、むしろ先生方のほうがほっとしているように見えた。

「加藤」私たち三人が立ち上がったとき、佐々木先生は言った。「自学合宿に参加してくれるって聞いてな、先生方はみんな喜んでらしたぞ。明日からしっかりな」

加藤さんは返事をしなかった。

指導教官室から出ると、扉のすぐ外側に、ジャージ姿の女の子が立っていた。下級生のようだ。入れ違いに入室したところをみると、どこかの運動部の部長らしい。

「聞かれていたかな……」

「これがいちばんの痛手だな」

不機嫌そうに吐き捨てて、それから、加藤さんは渡部くんをちょっと振り返った。

「仲良しだなんて、とんだ誤解だよなあ」

返事はしなかったが、渡部くんは心の底から嫌がっているような表情になった。それを見た加藤さんは、だよな、とにやりと笑う。また天才同士の会話に入っているのだ。

「えっと、どうして渡部くんも呼ばれたんだろう」

もしかして、私たちが彼を訪ねていったことがきっかけで、渡部くんも篠崎くんの死の真相を調べ始めてくれたんじゃないか。なんて期待を込めて訊いたのだけれど、二人は揃って首を振った。仲良しだ。

「犯人は渡部も手紙を受け取ったと思ってるんだろ。あたしに来て、渡部に来ないはずがない。ま、先週の金曜に、廊下であたしらが話してるのを見かけたんだろうけど」

「そっか……」

私は肩を落とす。加藤さんと渡部くんが共同戦線を張ったら、心強いと思ったのに。

「ま、犯人が天才に片端からけんかを吹っ掛けてるって可能性もなくはないけどな」

「それ……それって、二人のことも、篠崎くんみたいに……」

自殺にまで追い込もうとしているというのだろうか。

だけど、なんのために？　天才たちにどんな恨みがあって？

「可能性がなくもない、ってだけだ。それよりは、あたしが篠崎良哉からの手紙で犯人捜しをしていることを知って、渡部純一もそれに協力していると考えるほうが、まだ自然だ。これまでだって犯人は篠崎良哉の手紙にこだわってたんだからな。――ま、だから、渡部純一は完全に側杖《そばづえ》を食っただけだってこと」

渡部くんはもう話を聞いていないようで、足を速めると、私たちを追い越していく。私は勇気を振り絞って、「巻き込んでごめんね」と上ずった声で伝える。彼はこちらを振り返る素振りをみせて、けれど、結局思いとどまったのか、そのまま前を向き、歩いていってしまった。

「それにしても、だ。あの犯人にしては、ずいぶんとリスキーなことをしたよな」

教師にチクるなんてさ、と加藤さんは言う。

「やっぱりゲームをしている気分なのかね。危険ではあるが、妨害工作としては適切だ。こっちも派手に動きづらくなる」

生徒指導の先生に名指しで釘《くぎ》を刺されてしまっては、さすがの加藤さんも無茶をする気にはなれないらしかった。

「加藤さん、自学合宿に行けるんだね」

「気が向いたから。担任に話したら、やたらはりきって、なんとかねじこむから、って」

「勉強、するの？」

「さあ」

私の発言がもとで加藤さんが行動を変えたのだとしたら、信じられないくらい大きな変化だ。加藤さんの変化というより、私の、そして私と加藤さんとの関係性の。

「やっぱり渡部くんは行かないかなあ」

「行かないだろ」

「だよね……」

別れ際、私より一駅早く電車を降りていく加藤さんに、私は手を振った。

「クラスが違うとなかなか会えないけれど、自由時間には遊びに行くね」

なんだかまるで、昨年まで同じクラスで仲良くしていた友達か誰かに言うみたいだ、と私は思った。

第十章　七月三十日（水）

自学合宿の集合場所は、城山駅のコンコースだった。

一般の利用客に迷惑をかけないように、と重々注意されたにもかかわらず、クラスメイトたちははしゃいで大声を出すので、私は毎年、肩身の狭い思いをする。

ここからぞろぞろ歩いて、三年生に割り当てられたホテルにたどり着いたのがお昼過ぎだ。午後の自習時間が終わり、お風呂のために部屋に引き上げる段になると、ようやく、自学合宿に参加しているという自覚が生まれてくる。

「夕ご飯、楽しみだね」

赤い絨毯《じゅうたん》の廊下を並んで歩きながら、私は言った。二百人以上の生徒に一度に出されるのだから、料理は冷えて硬くなっているのだけれど、友達と一緒に食べるホテルの食事はやっぱり一味違う。綾ちゃんも頷いた。

「修学旅行を思い出すね」

ね、と頷き返しながら、私は爪先立ちでぴょこぴょこと歩いた。クラスメイトたちの頭ごしに、一人毅然《きぜん》として歩く加藤さんの姿がちらちらと見えているのだ。

「そういえば綾ちゃん、模試の日の朝に何か言いかけたよね？　篠崎くんのこと」

ううん、と綾ちゃんはうめく。

「加藤さんとあんまり仲良くしないほうがいいよ、って言いたかっただけ」

「それってどういう……」

私が彼女を振り返った、そのときだ。前を歩く女子たちの間から、悲鳴があがった。

「来光、そいつ、つかまえろ！」

加藤さんの声だ。

「そいつって」

あたりを見回していると、部屋に向かって歩いていた女子の間から、身をかがめた人影が飛び出してきた。男子の制服だ、と気がついたときには、私はその人影に突き飛ばされていた。しりもちをつく。加藤さんも間髪入れずに飛び出してきて、どんくさいな、と呟いていった。

「綾ちゃんこれ」

おねがい、と勉強道具を押しつけて、私も慌てて追いかけた。

何者かと加藤さんは、廊下を全力疾走し、階段へと飛び込む。それを追って私も角を曲がると、階下へ続く方向、踊り場のところに、スカートの端と長髪の先がちらりと見えた。私も二段飛ばしで階段を下りる。手すりを滑る左手が摩擦で熱い。

「待てっつってんだろこの野郎！」

ドスのきいた怒鳴り声が響き渡ったかと思うと、私の目の前で、加藤さんが手すりの上に身を投げ出した。足から華麗に手すりを越えて、半階下へと飛び降りていく。

「加藤さん！」

続いて、うわあ、というような男の子の声と、どしんばたんと人が転がる物音がする。骨が肉越しに硬いものへぶつかる、痛そうな音だ。

足を絡ませながらなんとか追いつくと、男子生徒が階段の上に倒れていて、その背に加藤さんが片足を載せていた。いや、踏みつけていた。腕まで組んで、勝者のポーズだ。

「おう、遅かったな、来光福音」

「か、加藤さん、何が……」

おそるおそる近づくと、うつぶせに倒れているのが誰なのか、私にもわかってきた。

三村くんだ。

彼は首をねじって、放せよ、と潰れた声で言った。

「いったい何があったの……」

私は手すりにもたれて息を整える。体育の授業中よりもずっと運動した。

「部屋に入ったら、こいつがあたしの荷物を漁ってたんだよ。コソ泥よろしくさあ！」

「誤解だろ。勝手なこと言うなよ！」

加藤さんは三村くんの背に置いた足に体重をかける。だいぶ頭にきてるみたいだ。

「あんたもバカだよな。ベランダから飛び降りりゃ、あたし以外にはバレなかったのによ」

五階から飛び降りたら、泥棒どころの話じゃなくなる。

「で、一組女子の部屋に忍びこんで何を探してたんだよ。あたしの荷物が狙いだったんだろ、最初から」

「なんで言いきれんだよ」

拗ねたような口調だ。

「城山駅に集合してクラスごとに並んでたとき、あたしのボストンバッグをさりげなく見てただろ。全然さりげなくなかったけど」

で、何が目的だったんだ、と背中を踏みにじる。

「……言わねえよ」

「言えよ。このまま教師らに突き出しゃ、内申書にペケがつくどころか、よくて停学処分だ。幸い、目撃者は十分にいたことだしなあ。あたしはあんたの人生なんてどうでもいいが、あんたは困るだろ？　ここまで、ろくに働かない頭でバカはバカなりにお勉強してきたんだろうし」

あんまりな言い方だ。

逃げ出したくなるような沈黙の後、階段に押しつけられた三村くんは、ぼそりと言った。

「言えばいいんだろ。言えば」

彼がぼそぼそと説明したところによれば、篠崎くんの手紙を探していたのだという。私たちに遺した手紙のことだ。

加藤さんはそれを聞いて、三村くんの固く握りしめられた右手をこじ開けた。指を骨折させせんばかりの勢いだったので、途中で私が割って入る。ついでに加藤さんの足を、三村くんから下ろす。三村くんをなだめすかして、くしゃくしゃに丸まった紙を手に入れた。

広げてみると、

――偽物だ。

この間加藤さんが書いた、草野さんに見せたほうの手紙である。

「なんでこの手紙が欲しかったんだ。どこで手紙のことを知った」

加藤さんは、まだ床に倒れている三村くんを睨む。

「俺にも良哉から手紙が来てたんだよ。こないだまで気づかなかったけど」

「それ――」

どこにあるんだ、と加藤さんが言うのに重なって、ばたばたと二人分の足音が降りてきた。

「おい、何してるんだ、おまえたち。何があった」

荒井先生と、地理の遠藤《えんどう》先生だ。どちらも類人猿のような毛深さで、よく似ている。

「二組の女子が来て、不審者がどうとか……」

「おい、加藤」

加藤さんは振り向きもせずに、険しい顔で三村くんを見下ろしている。

「――なあ三村大輝、どこにあんだよ、その手紙」

「三村、おい、おまえが何かしたのか。加藤、ちょっとどきなさい。おい、加藤」

荒井先生がぐいとその肩を摑んで、さがらせようとする。そこで初めて、加藤さんが先生方を振り返った。

「いいから黙ってろよ凡人どもが！」

階段どころかホテルじゅうに響き渡るような怒声だった。

荒井先生たちも、ぽかんと口を開けて固まった。

「普段は——普段は何したってほっとくくせに——」

嵐の後の静けさが落ちる。

加藤さんが顔をゆがめた。そして、おそらく教師人生初めての経験に固まる二人の、驚愕《きょうがく》を通り越した顔を見据えて、静かに言う。

「この件は自分と三村大輝との間の個人的なことなので、学校側の介入は不要ですし、ほかの女子にもなんの被害もありません」

そしてもう一度、大丈夫ですからお引き取りください、と彼女は念を押した。

「加藤……」荒井先生も困っている。「あー、そういうわけには……。いや、まあ、その。本当に大丈夫なんだな……？」

「問題ありません。個人的な話し合いです。ホテル側にも迷惑はかけません」

「まあ、その、個人的なことにはあまり口出しできんからな、学校側は……。そういうことなら、な？　何か困ったことがあったら、すぐに言えよ。な？」

先生二人が、未練がましく階段を上っていくのを見届けて、加藤さんは口を開いた。

「――三村大輝」

彼はすっかり消沈した顔で、のろのろと体を起こした。

「出せばいいんだろ、出せば。……もうなんだっていい」

彼はポケットから、二つ折りになった紙を引っ張り出した。私に手渡す。

「いつ受け取ったんだ」

「知らねえ。いつの間にかロッカーに入ってたんだよ。見つけたのはこの前の月曜だけど。良哉が死ぬ前に入れといたんだろ」

月曜といえば、模試の前日だ。私がロッカーで「部外者は関わるな」のメッセージを受け取った前の日。

紙きれを開くと、糸くずや落ち葉のかすが、ぱらぱらと手に落ちてくる。

手紙は篠崎くんからとなっていて、自分が間違えて加藤さんに渡してしまった手紙を回収して、篠崎くんのロッカーに隠しておいてほしいという内容だった。幼馴染みとして三村くんのことを信頼している、これが最後のお願いだ、という言葉で結ばれていた。

「加藤さん、これ……」

何だよ、と覗き込んでくる。顔が近い。

「えっと、この字……」

篠崎くんの字とは全然違う。まがまがしい筆跡。私のロッカーに入っていた、警告の手紙と同じ字だった。

加藤さんは、私の言葉を遮るように、手紙をむしりとった。

「見つけたのが七月二十八日月曜ってことは、その前の金曜日にあたしの机と鞄とロッカーを荒らしたのは、あんたではないんだな」

「知らねえよ、そんなの」

「ふうん。細かい指示まで出てるな。なるほどねえ。——ま、これは証拠品として回収しておく」

そう言って、彼女はそれを、スカートのポケットに無造作にしまった。

「で、三村大輝、これをあんたのロッカーに放り込んだ人間に心当たりは？」

「心当たりって……良哉だろ。何言ってんだよ」

「あんたこそ何言ってんだ」加藤さんは鼻で笑った。「これはあたしらが篠崎良哉の死について調べているのをつい最近知った人間が書いたもんだ。篠崎良哉では絶対ない。あんたは利用されたんだよ。よかったじゃねえか、幼馴染みだってようやく認められたんだ」

「そんなわけねえだろ。なんで言いきれんだよ」

「筆跡。職員室に残ってるなんらかの提出物と比べてみりゃ、一発でわかる。あたしが受け取った手紙のほうは間違いなく篠崎良哉からのものだったが、これは違う」

私と作戦会議を開く前の一週間のうちに、加藤さんは筆跡を調べたのだろう。

三村くんはいっそ惨めなほど顔を歪めた。彼の中の、希望みたいな小さな誇りが潰れたのだ。

「俺、良哉が頼んだから……」

「あたしの手紙も奪還したし、ま、あんたからもおおよそ本当のことを聞けた。今回のことは不問にしといてやるよ。あんたは女子の部屋に忍び込まなかったし、そもそも篠崎良哉を名乗る人間からの指示を受け取ってはいない。いいな？」

加藤さんは軽やかに身を翻し、階段を上っていってしまう。私は三村くんに頭を一度下げて、追いかけた。

「加藤さん、さすがにだめだよ、人のことを踏むのは。失礼だよ」

「こんなこともあろうかと、手紙を家に置いてきて正解だったな」

と鼻歌でも歌い出しそうな調子だ。

「で、この、三村大輝が受け取ったメモ」

私は諦めのため息をついて、うん、と気乗りしないままに頷く。

「……犯人はやっぱり、加藤さんだけが手紙を受け取ったと思っているみたいだね」

「となれば、可能性は二つだ。篠崎良哉は死ぬ前、犯人となんらかのゲームを行うことを決めた。ゲームのルールでは、篠崎良哉はあたしに手紙を遺して自分が死んだ理由を捜査させることになったが、そのときに、秘密の切り札として来光福音にもこっそり手紙を遺していた。二つ目は、犯人がつい最近まで手紙の存在を知らなかったという可能性だ。だから今になって、焦って手紙の内容を確認しようとしている。その場合、犯人はだいぶ限られてくるな。来光福音、手紙のことは誰にも話してないだろ?」

「うん」

「それじゃあ、あたしが手紙を受け取ったことを知ってる、右梅咲江、草野由美、渡部純一。手紙の存在を推測できるであろう坂足幹男。こいつらが怪しいってことになるな」

この中の誰かが篠崎くんを追い詰めたというのだろうか。

彼と口論している場面を、頭の中で一人ずつシミュレーションしようとしたが、どの人もそれぞれ異なる理由でうまくいかなかった。

「ま、ひとつ目の仮説のほうが正しいとしたら、容疑者はほぼ絞れていないことになる。ここからが勝負だな」

第十一章　七月三十一日（木）

加藤さんの自学合宿参加は、やっぱりそれなりの影響を及ぼした。

潰れかけのホテルとはいえ、パーティーなどにも使われる大広間は体育館に匹敵する広さで、学年のほぼ全員が長机に着席しても、息苦しさをおぼえない程度の余裕があった。二組の生徒は一組の後ろに席を割り当てられていたので、自習中に彼女の様子を盗み見るのも難しくない。

加藤さんは案の定、勉強などしなかった。

まず勉強道具を持ってきていないし、先生方が念のためにと用意してきたプリントも瞬殺してしまったし、することがないのだ。

だから、休憩時間に加藤さんの席へ遊びに行けたのも、初日の夕方までだった。夕食後の自習時間には、加藤さんは先生方に連れ出され、監督役以外の先生が質問受け付け用に控えている小部屋へと、移動させられたのだ。

三村くんのことがあった直後だったので、彼女が先生方に質問攻めにされているのではないかと、私は数学の質問がてら様子を見に行った。

すると、加藤さんは部屋の隅で、国語の先生か誰かが持ってきた文庫本を貸し出され、足を机の上にあげて退屈そうに読んでいた。質問に来た生徒たちが畏怖の視線を送っても、気がついていない様子で。

加藤さんの参加にいちばん驚いていたのも、いちばん迷惑をこうむったのも、先生方だったと思う。

そんなふうにして加藤さんが気ままに過ごす自学合宿もスケジュールの折り返し地点に近づき、二日目、夕食と入浴の後の自習も終わって、ようやく一日の苦行から解放された夜中に、私は一組女子の寝室を訪ねていった。

文系の女子は人数が多いので、クラス内でさらに二部屋に分けられる。優等生の集まる一組とはいえ、合宿の就寝前だ、私が訪ねたときには、五人ばかり、大声をあげてトランプに興じていた。

「すみません、加藤さんってこっちの部屋ですか……?」

最初、彼女たちは、入ってきた私に気がつかなかった。聞こえていないらしい。

「あの、加藤さんって」

もう片方の部屋をあたろうかと思ったところで、グループの中の一人が顔を上げた。比較的おとなしそうだけれど、話したことのない子だ。

「どうしたの?」

「えっと、加藤さんを探しているんだけれど、いるかな……?」

加藤さんの名前が出ると、彼女は、私に敬語をつかわずに話しかけてしまったことを後悔するような素振りを見せた。ほぼ初対面とはいえ、同じ学年の生徒同士なのに。

「加藤さんなら、あっちに……」

いつの間にか、全員がトランプをやめて、和室の奥をひっそりと見ていた。

「えっと、私たちはジュースでも買いに行こっか。自動販売機、自由に使っていいって先生も言ってたし」

誰かがそう言って、こちらが遠慮をする間もなく、ぞろぞろと出ていってしまう。私は申し訳ない気持ちで彼女たちを見送って、それから部屋の奥に目を向けた。

和室のいちばん奥、窓際には一段低くなったスペースがある。ソファとテーブルがあるだけの狭い空間だ。部屋のこちら側とは障子で半ば区切られている。

「加藤さん……？」

彼女は障子の陰で、ソファに座って外を眺めていた。窓の外には何も見えない。有名観光地の旅館でも駅前のビジネスホテルでもないここは、とっぷりと闇に沈んでいた。

「――やっと静かになったな」

「悪いことをしちゃったかも。かまわなかったのに」

彼女の向かいに腰を下ろして、私も外に目を向けた。室内の光が反射して、私のちょっと疲れた顔が映っているだけだ。

「加藤さんって、いつも窓の外を眺めているね」

きっと授業中もこんな感じなんだろう。窓際のいちばん後ろの席で、頬杖をついて、見るともなしに中庭を眺めている。

加藤さんは鼻を鳴らしただけだった。

しばらく二人して、廊下から聞こえてくる遠いはしゃぎ声を聞きながら、見えもしない外の景色に目を凝らしていた。

「——教師が持ってきた本、全部読み終わっちゃったんだよなあ」

「先生方って、意外と本を読んでいるんだね。授業と関係のないものを持っているなんて、ちょっと驚いたよ」

「勉強が嫌いな人間が教員になるはずないだろ」

「それはそうだけれど。ねえ、先生方が貸してくれた中で、おもしろい本、あった？」

「べつに」

「よかったら、明日は私のを読む？　持ってきたのに全然読む余裕がなくて」

空いた時間にはとりあえず本を開く習慣があるので、必ず一冊は持ち歩いているのだ。

加藤さんが素直に頷いたので、私は舞い上がった気持ちで、明日の朝食のときに渡すね、と約束をした。落ち着かずに、明るい和室を見渡す。ぺらぺらの照明の下で、敷き詰められた布団のシーツが乱れている。

「加藤さんは、クラスの子たちとは話さないんだね。私とはこうやって普通に会話してくれるのに」

「楽しくないし、意味もないだろ」

「そんなことないと思うけれど……。だって、篠崎くんはそうしていたし、とても楽しそうだったよ」

加藤さんがやっとこちらを見た。そんなきつい目つきで見ないでほしかった。

「篠崎良哉は篠崎良哉だろ」

「でも、加藤さん、普通に会話ができるんだもの。みんなとだってできるはずだよ」

「できるかどうかじゃなくて、したいかどうかだって話だよ、来光福音。できるかって言われたらなんだってできるんだから」

それはそうだけれど、と私は唇を噛む。

「私にはふつうに話しかけてくれるから……」

「捜査のためだろ」

「それは……」

世間話もなの、と訊こうとして、直前でやめた。加藤さんならきっと、何かしら理由を説明してくれるだろう。私のことを把握するためだとか、捜査に役立つヒントを拾うためだとか。そして、たぶん、それは真実なのだ。

「それじゃあ、加藤さんは……私と話しても、なにも楽しくなかったということ……？」

加藤さんはまたあの退屈そうな表情で、黙ってこちらを見返すだけだ。

「つまらないけど、私がこうして会いに来たのにも、自学合宿に誘ったのにも、捜査の一環だから仕方なく付き合ったというだけなの……」

「来光福音は何が言いたいんだよ」

「何って……」

なんだろう。これでは拗ねているみたいだ。

加藤さんは言う。

「あんたらと仲良くして楽しいと思うには、そのレベルにまで落ちなきゃならないだろ。最初から不可能なんだよ。積んでるマシンの性能がまるっきり違うんだからさ」

「じゃあ、そしたら、私はどうやって友達になればいいの！」

初めて大声が出た。

加藤さんは、澄んだ目を幼子のように丸くしていた。

私が彼女の視線にひるまなかったのは、これが初めてだ。彼女を彼女たらしめている気迫や隙のなさというものが、どこかへいってしまっている。

私はいつの間にか立ち上がっていた。

「……えっと、ごめんね」

加藤さんは何も言わなかった。無垢《むく》な瞳で、驚いたように見上げてくるだけだ。私もどうしたらいいかわからなくて、何に謝っているのかもわからないままに、また、ごめんなさい、と言った。

部屋の外から、きゃいきゃいと明るいはしゃぎ声が近づいてくる。

私はこの場を離れようと、体の向きを変えた。

「なんで」加藤さんの声には力がなかったのに、いや、だからこそ、私の足を止めた。

「なんで、仲良くしたいと思うわけ?」

疑問形でも責めているのでもない、平板な発音だった。だから私は、どう答えたものかと判断に迷い、立ったまま彼女を見つめた。加藤さんはわざとこちらを見ないようにしているみたいだった。

「どうしてって……。仲良くしたいからだよ。加藤さん、おもしろい人だもの。仲良くしたいよ」

最適解だ、とすぐにわかった。かちりと音を立てて何かがはまったような気がした。言うまでは気がつかなかったけれど、これがきっと、加藤さんにまっすぐ届く言葉だ。最適解だ。

「――そう」

加藤さんはそれだけ言って目を閉じた。どんぐりみたいに真ん丸だった目が、それで見えなくなってしまった。

廊下の歓声が言語としてはっきり聞き取れるようになったと思うと、次の瞬間には部屋の戸が開いた。さっき出ていったのとは別の子たちだった。

「明日の朝、本、持ってくるね」

手を離してはいけないと思って、それだけはなんとか声に出した。加藤さんのほうを見ることはできなかった。

私は一組の女子たちの視線を避けて顔を伏せ、足早に部屋を出た。加藤さんを残して。

自分に割り当てられた客室に戻るまで、私は一度も振り返らなかった。
――加藤さんを一人残してきてしまったことを、後悔しそうだったから。
そして、そんなことを考える自分について、考えたくなかったからだ。

第十二章　八月四日（月）

自学合宿最終日の土曜、お昼過ぎに城山駅で解散した後、私たちは駅前の大きな本屋さんに寄り道をした。

「また薔薇の花言葉？」

「そうといえばそう」

花言葉やら植物図鑑やら、花を贈る際のマナーやらの本を片端から集めてこさせて、加藤さんは何かを真剣に探していた。私も赤い薔薇の花言葉のページを開いては見せたけれど、どれも探している情報ではないようだった。

「加藤さんは何を調べているの？」

「んー、ないしょ」

最後に、主婦向け雑誌のお花のアレンジ特集を読んで、加藤さんは何やら納得したように頷いた。私が訊ねる隙も与えずに言う。

「それじゃ、来光福音、月曜は六時半に三年四組な」

「……へ？」

「最初の作戦会議のときと同じように、学校に忍び込めるようにしておくから。電話は朝四時半でいいか？」

そして今日だ。

私はまだ目覚めない体で北校舎一階の窓を乗り越え、三階に向かった。時刻は六時二十七分。今の私はおよそゾンビに近い。

「来たな」

加藤さんは三年四組の教卓に座って、爪先を揺らしていた。

「……おはよう」

「挨拶なら電話でした。――けど、おはよう」

「うん、おはよう。今日は何をするの？」

この時間では、鍵開け当番の事務員さんも来ていないはずだ。

「あれだよ、あれ」

指差した先は、篠崎くんの机だった。相変わらず、咲きかけの蕾が三つに、しおれ始めた花が一輪の、寂しい薔薇の花瓶が載っている。

「あの薔薇を置く現場を押さえる」

「薔薇が、篠崎くんの事件と関係あるの？」

「あるさ。大ありだ」

加藤さんは教卓から飛び降りる。こんな朝早くから元気そうだ。

「この花瓶、いつも必ず、咲いている花がひとつに蕾が三つだろ。自学合宿の間は替えられなかったから、今日、奴は必ず花を持ってくる。そこを押さえるわけ」

それから加藤さんは、教卓から新聞紙の細長い包みを取り上げた。中から出てきたのは一輪の白ユリだ。彼女は花瓶から薔薇を全部引き抜き、代わりにそれを挿す。

薔薇を新聞紙にくるむと、加藤さんは廊下に出て私を手招きした。

「隣の教室で待ち伏せる」

私たちは三年五組に入ると、後ろの黒板の下に座った。壁の向こうは三年四組だ。

「本屋で花言葉、調べただろ」

隣で壁に寄りかかって座る加藤さんが言う。私はあくびをこらえて答えた。

「愛の告白、だっけ」

「赤い薔薇単体ならな。本当のメッセージは組み合わせのほうだったんだ」

そう言って、加藤さんは指を二本立てた。

「篠崎良哉が死んだ後、月曜に活けられたのは、薔薇の花が二つに蕾がひとつ。この組み合わせの意味は――『あのことは当分秘密』」

最初の作戦会議の後に見た組み合わせだ。たしかにあのときは、咲いている花のほうが多かった。

「花と蕾の組み合わせに花言葉があるの？」

「そういうこと」

だから加藤さんは、赤い薔薇の花言葉を調べても納得しなかったのか。

「最初に花が置かれてから八日後、終業式の朝に組み合わせが変わった。蕾が三つに、花がひとつ。それ以来ずっとこの組み合わせがキープされている」

たしか、加藤さんと朝早くに待ち合わせた二十四日には、すでにその組み合わせだった。

「そして、これが意味するところは『あのことは永遠に秘密』だ。当分から永遠になった。おそらく、最初に活けた人間と次に『永遠』に変えた人間は別だ。もしかしたら犯人との会話なのかもしれない」

秘密というと、やはり篠崎くんが偽物の天才だったことだろうか。

「でも、篠崎くんの秘密を知っていた草野さんは、薔薇を活けてないって言ってたよね？」

「その秘密が草野由美の握っていた秘密と同じとは限らないけどな。渡部純一の言うとおりなら薔薇を活けている人間は犯人じゃないが、どちらにせよ、つかまえれば新しい情報を得られるだろ」

加藤さんの説明が終わっても、七時まではまだだいぶ時間があった。私は立てた膝の間に顔を突っ込むようにして、いつの間にやら眠り込んでしまったらしい。肩を叩かれて目を覚ました。

「七時だ。昇降口が開く」

緊張しながら待っていると、七時二分、廊下をぺたぺた歩く音がかすかに聞こえてきた。加藤さんは人差し指を唇の前に立ててみせる。私は頷いて、息を殺して聞き耳を立てる。

隣の三年四組からは、まず何かを机に下ろす音、それから数歩分の足音がした。自分の机に鞄を置いてから篠崎くんの机に近寄ったのか、と推測した瞬間、隣の加藤さんがさっと動いた。猫のようにしなやかな動きで教室を出ていく。私も続いた。

「よお。朝早くからご苦労なことだな、右梅咲江」

篠崎くんの机の前で固まっていたのは、右梅さんだった。絶望したみたいに脱力して、筒状の新聞紙を摑んだ腕を、だらんと垂らしている。

「──あんたの知ってる秘密はなんだ」

「やっぱり……やっぱり加藤さんだったのね」彼女はそのハスキーな声で呟いた。「だけど、どうして今さら裏切ったり……」

沈黙が落ちる。私が口を出すことの許されない、圧力の高い沈黙だ。

無言の主導権争いには加藤さんが勝利したようで、やがて右梅さんは、諦めたように首を振った。

「ひとまず場所を移しましょう。いつ誰が来るかわからないから。このユリ、加藤さんが挿したのよね？　わるいけど薔薇に戻させてもらうわ」

彼女は手早く自分の新聞紙を広げた。三本の蕾の間に、一輪だけ花びらの開いた赤い薔薇が混ざっている。切り口から湿らせた綿を剝がすと、加藤さんの白ユリと入れ替えた。手馴《てな》れている。

「このユリ、どうする?」

「やるよ。線路脇に生えてたやつだし」

右梅さんはそれを新聞紙に包み直すと、先に立って教室を出ていく。加藤さんもおとなしくそうしたので、私もついていくしかなかった。

渡り廊下を渡って南校舎三階、どこへ行くのかと思ったら、音楽室の隣の楽器室だった。

「今日は朝練なし。誰も来ないわ」

そう言いながら、右梅さんはポケットから鍵を取り出し、小さな部屋を開けた。無言のまま私と加藤さんを先に通し、最後に入って、内側からまた鍵を回す。楽器室には扉にも壁にも窓がなくて、真っ暗だ。どうやらとても狭いらしいということが、気配でなんとなく知れるだけである。

暗い中、私たちは息のかかる距離で向かい合った。

「——で?」

加藤さんが言う。たぶん腕組みをしているのだろうな、と私は思った。意外と気配が近かったので一歩さがったら、腰のあたりにマリンバか何かの鍵盤がしたたかぶつかった。

「あの薔薇、供えたのは加藤さんではないって、前に言ってたわよね?」

「あたしはユリだけだよ。花言葉は『おまえは偽れない』。知ってたか?」

それから加藤さんは、愉しんでいるような声音をぐっと真剣にする。

「それで、薔薇を供えたのは、右梅咲江、あんただ。右梅咲江の母親は花が好きで、ついでに言えば習い事も好きで、最近、フラワーアレンジメントの資格をとったんだったな」

「だから、どうして知ってるのよ」

加藤さんは無視して続ける。

「なあ、それで、どっちだ？　最初に供えたのか、八日後に入れ替えたのか。それで犯人なのか巻き込まれただけなのかが、はっきり決まる」

嫌な間が空いた。

私はとりなすようにその沈黙を破る。

「あの……。どういうことなの？　あの薔薇を供えたのは右梅さんではないということ？」

それに、薔薇を供えている人は犯人ではないということだったじゃないか。

「……私は最初よ。良哉が死んだ二日後、月曜日に置いたの」

「ということは、巻き込まれたほうか。その後『永遠に秘密』に変えた奴はまた別にいる。そいつが犯人だ」

全然状況がわからない。

「あの、どういう……」

「右梅咲江は秘密を知ってたんだ。篠崎良哉の秘密」

「秘密……？」

暗闇の中で、右梅さんのため息が聞こえた。

「偶然、中学のときに知ってしまったのよ。それ以来ずっと誰にも言わないできた。良哉が死んだとき、それに関係するんだと気がついて……」

そこで一度言葉を切って、疲れたから座ってもいい、と彼女は言った。私も、周りの楽器に体をぶつけながら、その場にしゃがんだ。途端に密談らしい雰囲気が強まる。

「右梅さんは……何を秘密にしていたの？」

闇の向こうで、彼女は石のように黙っている。

隣で加藤さんがふっと息を漏らした。

「中学時代、なあ。予想はつく。意外と言えば意外だけどさ。何より、あいつがそこまでやったっていうのが」

「加藤さんはなんでもわかるのね」

右梅さんのため息だ。

「ま、裏づけは後でとっとくけど」

「秘密って」

草野さんが教えてくれたものとは違うの、と訊ねようとしたら、口を塞がれた。真っ暗闇なのに、どうして正確に手を伸ばせたのだろう、なんて的外れな疑問で頭がいっぱいになる。

「あたしの予想が当たっていれば、こないだあたしらが知ったようなのは秘密のうちに入っていなかった。右梅咲江が握っているものが篠崎良哉にとっていちばん重要な秘密ってことになる」

加藤さんが私の耳元で囁く。きっと右梅さんにも聞こえてしまっているだろう。

――つまり、草野さんの名前は出すな、ということか。

当然といえば当然だ。草野さんは仲良しの右梅さんにずっと隠し事をしていたことになるのだから。私たちが勝手にバラしてしまっていいことではない。

私は、加藤さんが口を塞いだ意図を理解したと伝えようともがいた。

「あなたたち、何してるの？」

「なにも。ちょっとした打ち合わせ」

加藤さんの手が離れて、私は大きく息を吸った。

「で、右梅咲江が知っている秘密ってのは？」

彼女はまだためらっている。私たちは息を殺して待つ。やがて、暗闇の向こうで、右梅さんが不満そうに鼻から長く息を吐き出した。

「いいわ。教えてあげる。そのかわり、誰にも言わないと約束できる？」

「捜査で知り得た情報は第三者に流さない」

「本当にそうしてくれないと困るのよね」

そして右梅さんは言った。

「良哉はね、自分の弟を殺したの」

「……え？」

いったい誰が声をあげたのだろうと思ったら、私だった。

「弟を……」

「続けろよ、右梅咲江。こいつのことはいいから」

私は、待って、嫌だと声をあげることができなかった。自分の血の気が引いていくのを感じる。聞きたくない。

右梅さんは、虚脱状態に近い無味乾燥な声音で言った。

「そうね。早く終わらせたいもの」

彼女たちの出身中学校は、全校生徒が必ず部活動に所属するきまりになっていて、篠崎くんは右梅さんと同じ、吹奏楽部の部員だったのだそうだ。

「一部の部員だけが出場できる、アンサンブルコンテストというものがあったの」

なんでもできる篠崎くんと、実力のある右梅さんは、もちろん出場者になっていた。吹奏楽部がコンクールに出るときには、たいてい、楽器運搬用のトラックや大型バスが校内に乗り入れて、大名行列のような騒ぎになるものだけれど、参加者が少人数で楽器も小さい場合、保護者が自家用車で送迎するのだそうだ。

「良哉の両親は忙しいから、それまで授業参観にもろくに来たことがなかったんだけど、その日はうちの下の妹がインフルエンザにかかって、母が車を出せなくなってしまったのよ」

そこでどうしてもと代役を頼まれたのが、篠崎くんのお母さまだったのだそうだ。

「土曜日のことだったから、学校が休みだった小学生の弟も連れられてきていた。良哉は驚いていたし、それに、ずいぶん嫌がっていたわ。あの良哉にも思春期らしいところがあるんだなんて、あのときは考えていたんだけど……」

大会も終わりに近づいた頃、強豪と名高い私立高校の先生に、篠崎くんが呼び出された。その隙に、兄にずっと付き添われていた弟・聖哉くんが右梅さんに近づいて、兄が学校でどんな様子か教えてほしいと言ったのだそうだ。彼女が答えると、その評判を嘲笑《あざわら》うように、聖哉くんは言った。

「家では、良哉は弟のことを邪険に扱っていたそうよ。良哉が小学校を卒業する少し前、おばあさまが入院した頃からだというから、面倒を見なくてはならなくなったのが重荷だったんでしょうね」

大会の会場で、弟が右梅さんに告発しているところを、篠崎くんは見ていたのだそうだ。

「良哉は客席の後ろのほうから、ものすごい目で弟と私を睨みつけていた」

右梅さんたちが何を話していたのか、すぐに察したのだろう。

「そして、弟の聖哉が電車に轢かれて亡くなったのが、その一週間後だったのよ」

右梅さんは当然、内心で篠崎くんを疑っていた。それが伝わったのか、篠崎くんから警戒の目を向けられ続けていたのだそうだ。弟さんが亡くなってからしばらくは、何をするにも彼女のそばに篠崎くんがいて、監視されているようだったという。

「私は部長で、良哉が副部長だったから、周りには何も怪しまれなかったわ。生きた心地がしなかったけれど」

「だけど、本当に弟さんを死なせたのか、篠崎くんの口から直接聞いたわけじゃないんだよね？　たまたまタイミングが近かったというだけじゃ……」

「いや、篠崎良哉が殺したので間違いないだろ」

加藤さんは断言した。

「どうして？」

「篠崎良哉もまた電車に轢かれて死んだからだよ。弟を殺したなんて爆弾級の弱みを握った犯人が、同じ方法で死ぬよう迫ったんだ」

なるほどと素直に納得したくなくて、私は右梅さんがいると思《おぼ》しき方向に問いかけた。

「でも、篠崎くんがいたときには秘密にしておかなければ怖かったと思うけれど、彼が亡くなった後に、花瓶のメッセージを置いてまで犯人に口止めしたのはどうして？　たしかにひどいことだしショックだけど、犯人だってそう言いふらせないよね？　だって犯人だってバレてしまうもの」

「言いふらされれば、由美の耳にも入るじゃない。犯人も秘密にしたいだろうとは思っていたけど、それでも念のため……いいえ、何かしないことには落ち着かなかったのかもしれないわね。犯人にその気がないことを確かめたかったのよ。だから返事として『あのことは永遠に秘密』にするように言われたときには嬉しかったし、その後も私は『永遠に秘密』になるように花を替え続けているのよ」

元々、犯人が気がつかないなら気がつかないで、構わなかったのだと右梅さんは言う。

「良哉を追い詰めるくらいの犯人だから、必ずわかってくれるとは思ったけれどね」

なるほどな、と加藤さんが私の隣で言う。

「犯人が花を活けたのは最初の返事一度きり、か。右梅咲江、あんたに犯人の目星はついてるか」

「全然。花を活け替えるところは見ていないし、おそらく誰も知らないと思う。あの薔薇はひっそり注目を集めているから、誰かが目撃していれば噂になるもの。けれど、犯人は私のことを知っているみたいよ」

彼女の話では、先月末、犯人からと思われる手紙がロッカーに入っていたのだそうだ。

「濃い雑な字で、『これ以上秘密を知られれば、また一人、自殺することになる』って。加藤さんと来光さんの学籍番号も隅に書いてあったわ。０８３１１と０８３２３８でしょう？　あなたたちが自習室に来た次の週だったたし、由美からも話を聞いていたから、二人が捜査を続けていることは知っていたし、これ以上は危ないとも思った。勘弁してほしいわ。あなたたち、気にせず調べ続けるんだもの」

右梅さんは悲嘆に暮れて大きなため息をつく。

「じゃ、生徒指導部にチクったのは、右梅咲江だったわけか」

「……そうね。捜査をやめさせるには、それがいちばんいい方法だと思ったのよ。私なら、学級委員長としての進言という形にできるし、先生たちにも怪しまれないから。優等生って得よね」

——これは篠崎良哉が仕組んだゲーム。

先生に告げ口をするなんてリスキーな行為だと、加藤さんは言っていた。犯人は右梅さんを利用したのだ。

「あたしの机を荒らしたのもあんたか」

「そのときは誰かの指示なんかじゃなかったわ。加藤さんの手紙を見ないことには安心できなかったの。というか、あんまり怪しいから、犯人じゃないか確かめたくて。……申し訳ないと思っているわ」

右梅さんは素直に謝ったというのに、加藤さんは、初めて右梅さんに話を聞きに行った朝にそうしてみせたような、意地の悪そうな抑揚でこう言った。

「いやあ、正直、犯人からの妨害より、右梅咲江からあれこれされたほうが損害だったよなあ。あたしの私物まで勝手に見られてぶちまけられてたんだからなあ。こうなってはそれなりの謝意を見せてもらわないことにはおさまらないってものだろ」

暗闇の中で、吹奏楽部の部長はまたため息をついた。

「なんだか嫌な予感がするわね。私も心の中を読めるようになったのかも」

「それなら話が早い。右梅咲江、篠崎良哉の家にあがりこめるようにしてくれ」

右梅さんは、やっぱりね、と呟く。

「けど、お母さまとだって一度会ったきりだもの、私のことを覚えているかわからないわよ」

「そこはなんとかするしかないだろ。言っとくけど、あんたに選択肢はないと思うぜ。草野由美に知られたくないんだろ、篠崎良哉が弟を殺したこと。いやあ、自分が二年間惚れ続けた男が、実はたった一人の血を分けたきょうだいを殺していたと知ったら、どんなにかショックだろうなあ」

「そんなに脅さなくてもわかってるわよ。ただ、さっきも言ったけれど、良哉のうちは歯医者で、両親ともお忙しいの。保証はできないわよ」

「いいからさ、アポ、とるだけとってみて。線香をあげに行きたいからって。あたしらは補習が終わった後ならたいてい空いてるし、土日でも問題ないからさ。だろ、来光福音」

「うん……」

右梅さんは「はいはい」と呆れ声を出した。

「わかったわよ。今日はもうこれでいいわね。私は勉強しないと」

向かい側で立ち上がる気配があった。私も続こうとして、腕を掴まれてバランスを崩しかけた。加藤さんはまだしゃがんだままだった。

「ここからが本題だろ。肝心のところを話してもらおうじゃないか、右梅咲江」

「……え?」

私と右梅さんの声がかぶった。

加藤さんは、タイミングぴったりだな、とひとしきり笑って、それからぐっと真剣な声になった。

「あたしらが右梅咲江に手紙の件を説明する前から、薔薇は置いてあっただろ」

たしかにそうだ。初めて加藤さんと作戦会議をした日曜日に、二人で見た。

「篠崎良哉が死んだ二日後には、右梅咲江は薔薇を置いた。篠崎良哉の秘密を握った犯人が、奴を殺したってわかってたからだ。――じゃ、なんで右梅咲江には、あれが自殺じゃなくて殺人だってわかったんだ？　普通なら、弟を殺した良心の呵責《かしゃく》に耐えられなくなって自殺したと考えるだろ」

あ、と私は声を上げる。言われてみればそのとおり、受け取る相手を想定していなければ、メッセージを置く意味もない。

「右梅咲江、どこまで知ってる？」

「全部お見通しってわけね」右梅さんは心底嫌がっているみたいだ。「知ってるってほどのことじゃないわ。死ぬ前の良哉に、偶然会ったのよ」

「駅で見かける前か？」

「もちろん」

右梅さんの話によると、彼が亡くなる一時間ほど前のことだったという。十五時四十五分、自習室で勉強をしていた彼女は、新しい課題プリントに取り掛かるために、教室に国語の資料集を取りに行くことにした。自習室から、東側の渡り廊下を通り、北東の階段で三階に上がった。そこで篠崎くんに出くわしたのだそうだ。ちょうど三年一組の手前、階段室の目の前だったという。

「良哉は教室のほうから歩いてきたの」

「教室から階段のほうへ。あいつはどこへ行ったんだ」

加藤さんが独り言のように呟いた。

「さあ……。リュックも背負ってたし、てっきりそのまま帰ったのだとばかり思ってたわ」

「それだと時間が合わないだろ。十六時前に学校を出たんじゃ早すぎる。学校内のどこかで遺書を書いて、それから駅に向かったはずだ」

学校外のどこか、たとえば喫茶店やファストフード店で遺書を書いた可能性もある、と言おうとして、すぐに気がついた。私たちへの手紙だ。学校を出るときに、私たちの靴箱に入れていったはずである。つまりあれは学校内のどこかで書かれたのだ。もちろん、あの人気者の篠崎くんが、教室でそんな秘密の手紙を書けたはずがない。

「どっちに行ったかは知らないわ。様子がおかしかったから、別れた後、気になって振り返ったけれど、そのときにはもう見えなくなっていた。階段を降りたのか、渡り廊下で南校舎に向かったのか、私にはわからない」

「様子が変だったってのは？」

「誰かとけんかをしたみたいだった。もちろん殴り合いなんかじゃないわよ。ただ、ずいぶん思い詰めたような、いいえ、凶悪な表情をしていたものだから、これは良哉が本気で何かと闘っているとわかったのよ。アンサンブルコンテストで私と弟を睨みつけていたときと同じような表情だった」

「階段前で会ったとき、そこで何か話したか？」

「……ええ」

レミニセンス・SM

渡り廊下から北校舎に入って、模試の結果表が貼られた角を折れる。

模試が終わった後にまで居残って勉強をする生徒は少数派だ。廊下には、こちらへ歩いてくる良哉以外に、人気がない。良哉はそれで油断したのだろう。詰めが甘いのよ、と私は心の中で毒づく。気づかされるほうの身にもなってほしいものだわ。

「そんな殺気立った目、数年ぶりに見たわね」

珍しくうつむきがちの良哉は、行き合ったのが私だとわかって、とりつくろう努力を放棄したようだった。良哉の最大の秘密を握ってからもう四年になるけれど、こんなことは初めてだ。何もなかったような態度を貫くことで、私に秘密を守るようプレッシャーを与えてきたのだから。

「ちょっとけんかしちゃってね。僕も、誰かとこんなことになるなんて、弟が亡くなって以来なかったよ」

そうでしょうとも、と私は頷く。そうしょっちゅうあったんじゃたまらない。

「誰と何をしたのかなんて私には関係ないけれど、その凶悪な顔、また嫌なことを考えているでしょう。あんな手段、もう使えないと思ったほうがいいわよ。私だって勘づいたくらいなんだから」

「ああ、やっぱりお咲は僕のことを疑ってたんだ」

わざとらしい。たった今、自分から沈黙を破っておきながら。

「でも、あれは賭けだったんだ」良哉はそう言った。「聖哉が僕のいうことをきいてくれるかどうか。弟が僕に勝ったことは、最後までひとつもなかったね」

これまで犯行の決定的な告白をせずに、私を監視し続けてきた良哉が、今日初めて、弟を殺したことを認めている。

——何を話したいの。

いや、何を言ってほしいのだろう。

「……どうやったの」

良哉は少しだけ微笑んだ。寂しそうな笑顔なのに、心の奥底のどす黒いものが見えるようだった。

「あの頃の弟は、僕に許してもらおうと必死だったんだ。ちょっと我《わ》が儘《まま》なところがあるから、友達も少ない子だった。祖母が入院してしまって、弟には僕しかいなくなった。僕はうっとうしいと思いながら面倒を見ていたけれど、お咲に秘密をバラしてからは、口もきかないようにしたんだ。たまに笑顔で振り返ってやったけどね。飴《あめ》と鞭《むち》だよ。これでもう離れられない」

私は二の腕をさする。

——何が見えているの。

良哉は天才だ、私たちより一段上から周りを見ているに違いない。

「聖哉は一人じゃ電車に乗れない。だから、僕がいないと、祖母に会いに行くこともできないんだ。……あの日、聖哉は買ったばかりの切符を折り曲げたんだよ。それで改札に引っかかった。駅員さんに事情を説明したら通してもらえたけれど、それで手間取って、予定の電車に間に合わなかった。……ホームの端に二人で立っているとき、弟は謝ったよ」

「許してあげなかったの」

「切符なんて些細なことはどうでもよかったんだよ。実際、にこにこしていれば、大した面倒もなく改札を通れたしね。だから、それについてはなにも言わなかった。言わずに、……最近ギクシャクしちゃったね、って」

ギクシャクさせたのは良哉自身だ。

「聖哉にもう少し勇気があれば、いろんなことを自分でできるようになるのにね、って言った。それから……」

賭けをしたのだそうだ。

線路に飛び降りて、反対側のホームに触れて戻ってくる。それができたら、また仲のいい兄弟に戻ろう、と。

「もうやめましょう。聞かなかったことにするから」

「弟は電車が近づいてくることに気がついていなかったんだ。飛び降りて、飛び降りたところでぶつかった。せめて行って戻ってくるときなら、運転士も気づいてブレーキをかけていただろうにね。即死だった」

良哉は両手のひらを、上に向けて広げた。

「話はもう終わりだよ。なにか質問はあるかい、お咲」

「事情はわかったわ。だけどきっと、良哉は勘違いをしている。あなたは頭がいいからいろんなことを理解しようとするんでしょうけれど、世の中には、知りたくないことを知らないままでいたい人間のほうがずっと多いのよ」

良哉が怒り出す気配はなかったので、私は少し迷って、もう少し踏み込んだ。というより、はっきりと言った。私は知りたくないことを知らないままでいられるが、言いたいことを言わないままでいることは少し苦手なんだろう。

「もう巻き込まないでほしいのよ。私は何も聞いていない。良哉が何から逃げようと関係ないわ」

「逃げる？」

良哉はきょとんとした。

「逃げているわよ。抱えきれなくなったから、今さら私に話したんでしょう。中学生のときだって、弟の世話で自分の生活が崩されるのが嫌だったから、弟をけしかけて死なせた。かわいそうに。そんなことをせずとも、折り合いをつける方法はほかにいくらだってあったはずなのに、あなたはハイリスクハイリターンな道へ逃げたのよ」

「リスクを選択することを逃げと言われるのは納得できないなあ」

「素ではずいぶんプライドが高いのね」

そんなことを言われて逆上するほど浅慮ではないようだった。お咲は俺に厳しいなあ、と笑っている。もし今誰かが通りかかっても、私たちがこんな深刻な話をしているなんて、夢にも思わないだろう。

「それに、あれはあんな理由じゃないよ。自分の生活が崩れるなんて。もっとくだらない……いや、うん、やっぱりお咲が言うとおりかもしれないな。めんどくさくなると排除したくなるんだ、僕は。だから、いろんな子と仲良くしているのに、親友みたいな子はいないんだよ。近づきすぎると必ずめんどくさくなるから」

「由美が知ったら泣くわね」

良哉のことは諦めたほうがいいといくら言っても、あの子は聞かないのだ。そのうちに、お咲も良哉君を狙ってるんでしょうなんて言われてしまって、へたに口を出せなくなってしまった。

「逃げるって言葉はあんまり好きじゃないなあ」

良哉は独り言のようにそう呟いて、階段を見た。いや、階段の上を見上げている。その先に待つものを見据えるように。

「たしかに、もうあんなことはするべきじゃない、か。けんか相手に握られると致命的な秘密だよ」

「それであんな顔をしていたのね」

良哉は頭の後ろで手を組んだ。

「こんなこと、周りに知られたら、生きていけないからね」

「自業自得じゃない。厄介な弟を殺して、その秘密を握った誰かさんをまた殺すんでしょう。繰り返しよ。良哉は頭がいいけれど、私たちもそこまでバカじゃないわ。毎度そううまくいくとは思えない」

お咲はいつでもまともだよね、と彼は言う。私は言い返す。私は天才じゃないから、まともな範囲のことしかできないだけよ、と。

「それに、弟を殺して平気で両親を慰めるような人間に、まともだなんて言われてもね」

「僕もね、結構後悔しているんだよ、聖哉をあんなふうに死なせてしまったことを」

私は息をのんだ。良哉の目元が、泣き出しそうに歪んでいたのだ。

「ちょっとやめてよ、こんなところで」

「お咲の言うとおりだ。こんなことを繰り返していたって、どこにも行けないよ」

良哉は泣かなかった。泣き出す寸前で立て直した。

「なんだかわからないけれど、私や由美を巻き込まないでくれればそれでいいの。あなたが何をしようと関係ないわ」

「お咲が黙っていてくれさえすれば、巻き込みはしないよ」

それから良哉は言ったのだ。

「けんかはよくないよね。……うん。もう終わりにしよう、全部」

第十三章　八月六日（水）

篠崎くんが実は天才ではなくて、そして、実は弟を殺してしまったのだとしたら、それなら、私たちが今まで見てきた天才たちは、いったいなんだったのだろう。

――それに、加藤さんが時折見せる、寂しそうな顔。

周りがそう呼んでいるからというだけで、「東高三人の天才」として扱ってきた彼らを、私はどう捉えたらいいのか、もう、よくわからない。

もしかすると、篠崎くんが犯した罪から目を背けたくて、そんなことを考え続けているだけなのかもしれないけれど。

物理準備室の前で、腕を広げて深呼吸をする。一度、二度。

三度目で、覚悟ができた。

「失礼します」

軋《きし》む木の扉を開けると、今日もミッキー一人だ。机の前に座っていた。

「やあ、君はこの間も来たね。たしか、そう、来光さんだ」

ミッキーはすぐにそう言って、人好きのする笑顔を浮かべた。

いつの間にか覚えてくれていたのである。

「縁起のいい苗字だね」

スツールに座るよう勧めてくれた。

古い本のにおいがして、窓から差し込む光に、ほこりがきらきらと輝いている。机の上に、廊下ですれ違うときにいつも持っている指し棒がわりの一メートル定規や教科書の類いが、無造作に置かれたままになっていた。

「それで、どうしたのかな。物理の質問じゃあ、なさそうだね」

すみません、と私は首を縮める。

「実は、この間の件でもう一度お話ししたいと思ったんです。その、篠崎くんが亡くなったことです」

「警察も、被疑者には何度も同じ話をさせるものだね。当日の現場のことかな?」

「いえ、アドバイスをいただけたらと思って……。それに……」

天才のことをどう思っているのか聞いてみたいのだ。

ミッキーは、加藤さんを天才ではないと言いきったのだから。

「アドバイスねえ。この間、ちょっと言わなかったっけ。根本的な方針から見直したほうがいいって」

「今日はほかにもお訊ねしたいことがあって」

そうかあ、と返事をすると、ミッキーは窓際のコーヒーメーカーの前に立った。フィルターを替えずにコーヒーの粉だけ足して、スイッチを入れる。私はそれをあっけにとられて見つめていた。

コーヒーの香りと湯気が立ちのぼり始めると、先生は安っぽい事務椅子に腰かけて、足を組んだ。

「それで。訊きたいことというのは、あの子のことかな。この間一緒に来た、目力のある女の子」

「加藤さんです」

「そうそう、加藤沙耶夏さん」

彼女のことだ、といたずらっぽく言われて、私は思わず笑顔で頷いた。

「そうなんです。加藤さんや天才たちのことについて、先生にうかがいたくて。先生は彼女のことを天才ではないとおっしゃいましたよね、この前」

「彼女というより、彼らだね」

コーヒーメーカーがこぽこぽと家庭的な音を立てている。

「あれはどういう意味だったんでしょうか。天才じゃないって」

篠崎くんが偽物の天才だということを見抜いていたのだろうか。もしそうなら、加藤さんも偽物なのだろうか。

しかし、ミッキーの返答は期待していたものとは違う種類のものだった。

「世界が狭すぎる、ということかな」

「どういう……」

「いつかわかるよ。きっとね」

加藤さんもたまに、こんな突き放し方をする。こんなときには、理解できるよう説明してくれと頼んでも無駄だ。

「それじゃあ先生、あの東高三人の天才のうち、もし誰か一人が天才のふりをしていたんだとしたら、どう思います？」

「どう思う、か。ざっくりした質問だね」先生は苦笑する。「天才のふりって、篠崎良哉くんのことだね」

「気づいてらっしゃったんですか」

「いいや、今知ったよ。君がそんなことを訊くということは、つまりそういうことなんだろう。わかりやすいね。そう、質問はその人物の能力や性格をよく表すんだ。実は回答よりも質問のほうがずっと大切なんだよ。覚えておきなさい」

はいと返事することも忘れて、私は先を急いだ。

「篠崎くんが天才でなかったなら、加藤さんや渡部くんにも、私たちが知らない事情があるかもしれないと思うんです」

「それはまあ、人それぞれ、何かしらはあるものだよ」

「そういうことではなくて……」

コーヒーメーカーが先生を呼ぶ。ミッキーは立ち上がってポットを引き抜いた。

「まあ、天才かどうかにかかわらず、相手の性格や思考パターンをもっと知りたいと思うなら、一般的には仲良くなるのが効果的だろうね」

君らには卒業するまで淹《い》れてあげないよ、とわざと意地悪い口調で言ってみせて、ミッキーはおいしそうにカップに口をつけた。

「どうすれば仲良くなれるんでしょうか」

「生徒から友だちの作り方を質問されたのは初めてだなあ」

本当におもしろがっている様子なので、私は頬が熱くなる。

先生は含み笑いを漏らした。

「そうだね、他人のことを完全に理解したいという思考は、それはそれで危険だと思うけど――どちらにしても、交換できる情報量には限りがあるものだよ。それを埋めるには、あとはもう、想像力を使うしかないね。人間は、自分たちが認識しているよりはるかに多くの部分を想像で補っている」

「想像力……」

私に、加藤さんや渡部くんの気持ちを想像できるだろうか。篠崎くんのことですら、何もわかっていなかったというのに。

「人間は想像力の生き物だよ。空想を無限に広げるどころか、その想像で生きながらえている」

私の頭には、文芸部室から出ていきながら挑発的な笑みを浮かべる加藤さんの姿が浮かんでいた。

「想像力は人類を救う――」

「逆だよ、逆だ」

ミッキーはきっぱりと首を振った。事務椅子がギッと鳴る。

「逆なんだ。人類はねえ、想像力のせいで永劫《えいごう》の苦しみを負うことになったんだよ。——君は理系かな?」

「文系です。三年二組なんです」

「そんな顔をしてる。本は読む?」

「はい、かなり」

「そうかい。小説はおもしろいかい」

「私は好きです。物語が好きなんです」

先生はおもむろに立ち上がると、問題集のぎっしり詰まった背の低い本棚に近づいた。その上に載っている、細身の古びた天秤《てんびん》をつついて揺らす。ペットと戯れているようにも、怜悧《れいり》なまなざしで物体の運動を観察しているようにも見える。

「物語というのは、想像力からのギフトだよ。ニュートン力学や相対性理論と同じように」

「すてきなプレゼントですよね」

ミッキーは首だけ横に向けて、私をひたと見据えた。

「来光さんは、重力子というものを知っているかな」

「いえ……」

「光の粒を光子というね。それと同じで、重力の粒のことだよ。簡単に言うとね。もっとも、物事を簡単に言い表すと、そこには必ずといっていいほど嘘が混ざり込むけど」

私は自分の膝や上履きサンダルの爪先やリノリウムの床を見下ろす。

「重力は粒なんですか、先生」

「さあね。重力子が存在するかどうかも、はっきりしていない。ダークマターと同様に」

「え……」

「想像力だよ。存在するかもしれないと考えた。重力子というものがね。そして、人類は自分たちの頭で考え出したものを必死で探し求めている」

自分の尾に噛みつこうとぐるぐる回る犬みたいに。あるいは、環になった蛇のように。

──想像力は人類を救う。

加藤さんと坂足先生、どちらが正しいのか、私にはわからない。わからないけれど、天才なんかじゃないと言われた瞬間の、加藤さんの救われたような表情が脳裏によみがえって仕方がなかった。

「想像力……」

それが私に求められているものなんだろうか。篠崎くんは、文学少女だと思われていた私に、ほかの人より想像力があると期待して、手紙を遺したのだろうか。

「それなら……それなら先生は、犯人はどんな人物だと想像しますか。篠崎くんを恨むあまり、執拗《しつよう》に追い詰めるような人は」

「どんな人か、もう思い描けているじゃないか」先生はまた愉快そうに笑って、「さてね、僕には君たちのことは皆目わからないな。教師としては情けないことかもしれないけれど、正直、君たちの一過性の感情のひとつひとつを重く受け止め続けると疲れるんでね。——ああ、これは問題発言かな。ほかの生徒や先生方には内緒だよ」

ミッキーは小気味いい音を立ててカップを置いた。

「もっとも、そんな僕でも一応は教師だからね。たとえ知っていても教えられないこともある。——さあ、来光さん。今日は一時半から職員会議があるんだ。僕もそろそろ用意をしないと」

「あ……はい」

私はスツールを片づけながら、ふと思いついて訊ねた。

「あの、先生は、あの日、ホームの階段下に誰か見ませんでしたか?」

上りホームにせよ、下りホームにせよ、犯人が階段の下に潜んでいたのだとしたら、見えたのは、それより下り寄りにいたミッキーだけなのだ。上り方面からは、階段のステップしか見えないのだから。

「この間も答えたね、その質問には」

「すみません……」

「この仕事をしていると、そんなことは無数にあるよ。なにせ、多勢に無勢だからね。そのために授業があるんだけど……」

机に向き合っていた先生は、事務椅子をぎしぎし鳴らしてこちらへと四分の一回転した。

「そうだね、僕は誰も見なかった。見たとしても言えないこともあるけどね。僕は見なかった。さ、これで終わり」

先生は、アドバイスできることなんてもう何もないよ、がんばってね、と手を振った。

「でもやっぱり、僕だったら、当日の篠崎くんの足跡を追うかな」

ひんやりした廊下に戻ると、私は全身汗だくになっていることに気がついた。冷房もない、日当たり抜群の物理準備室は、存外に室温が高かったみたいだ。ミッキーはよく涼しい顔でコーヒーを飲んでいられるものである。

教室に戻りながら、私は、たった今聞いたことを心の中で反芻《はんすう》していた。

──見たとしても言えないこともある。

あれは、公正を期すための発言だったのだろうか。

──それとも。

ミッキーは、何かを知っていて、あるいは目撃していて、それでもなお、隠している。

そんなことを考えながら歩いていたので、三年二組の教室の前で、加藤さんが待ち受けていることにも気がつかなかった。

「どこ行ってたんだ、来光福音」

彼女は壁に寄りかかって、腕組みをしていた。

「あ……ごめんなさい、聞き込みに行く予定もなさそうだったから……」

謝りながら、まじまじと彼女の目を見つめる。

——わからない。

加藤さんと仲良くなる方法も。彼女が本当はどんな人なのかも。

「ま、たしかに今日できることはないからな。伝言に来ただけ。右梅咲江が、篠崎良哉の母親と連絡がとれたってさ」

篠崎くんの家を訪ねるという話だった。

「盆明けなら、十八時以降、いつでもいいってさ。補習が再開される初日でいいだろ？」

「うん……」

気は重い。

「それまでできることといったら、篠崎良哉の弟について調べるくらいだが、なにせ来週からしばらく、補習が休みになるからな……。篠崎良哉の家に行くのが先になるだろうな」

気が重いというか、現実の重みがのしかかってきた感じだ。篠崎くんの家へ行けば、彼が弟を殺したという事実に、直面せざるを得ない。

「弟さんのこと、調べるんだね」

「篠崎良哉が弟を殺したんで、犯人はそれで恨んでたっていう線もなくはないからな」

「うん……」

「なに、やけに暗いじゃん」

私にも弟がいるのだ、一応。

小さい頃には憎らしく思うこともあったけれど、だからといって、殺そうとは思わない。自分の評判が危うくなるとしてもだ。失われるであろうものの大きさを考えると、手足が冷たくなる。

だって、両親も祖父母も、弟の友人だって悲しむだろうし、私も泣くだろうからだ。お葬式だって挙げるのだ。そして、死者自身はもう戻ってはこない。永遠に。

「ねえ、加藤さん」

私はこの調べ事から降りたい、という言葉が、喉元まで出かかっていた。

これはもう、篠崎くんと同じ学年に在籍しているというだけの私たちが、勝手に調べまわっていいことではない。

加藤さんは私の心を見抜いたみたいに、すぐに言った。

「どっちにしろ、休み中は動きようがないんだ。しばらく頭、冷やせば」

私はもう、冷えきって貧血を起こしそうだ。

第十四章　八月二十五日（月）

補習授業のせいで、私たちの夏休みは、実質、二週間ぴったりしかない。

そのお盆休みも、おばあちゃんの家に遊びに行ったり、受験勉強に励んだりしているうちに、あっという間に過ぎてしまった。

今日から補習授業の後半戦である。

半日だけ授業を受けることには変わりがないけれど、休み前と違って、午後に文化祭の準備が入ることになる。来月中旬に向けて、クラスの模擬店や部活動の発表の準備をするのだ。今以上に忙しくなるし、つかまえたい人も校内のあちこちに散らばってしまう。

三年二組では、四限終了後にさっそく、クラスの模擬店の話し合いが行われた。学級委員長が教卓について、賑やかなグループの女子が次から次へと投げつける「これやりたい」をさばいている。私のような女子は、多数決をとるときまで、することがほとんどない。

抜け出してしまおうか、とちらりと考えた。

一組でも話し合いをしているだろうけれど、加藤さんはまちがいなく、とっくに秘密基地へと姿をくらましたはずだ。

そう思いながら、私は座ったままでいる。どちらにしても篠崎くんの家にお邪魔するのは十八時の予定だ。まだ半日近くある。急ぐ必要はないのだし、それに、中央最前列の席から堂々と教室を出ていく勇気は、実のところ、なかった。

結局、二時間ばかり、本を取り出すことも勉強道具を広げることもできずにやり過ごして、二転三転した議論が仮装してアイスを売ることに落ち着くと、私は一組へ向かった。

さすがは優秀な一組、黒板に文化祭について話し合われた痕跡が残っているだけ、とっくに解散して受験勉強をしている。加藤さんは自分の席にいなかった。

秘密基地に上がると、彼女はやっぱりそこにいて、足を投げ出して漫画を読んでいた。

「よお、遅かったな、来光福音。どうせまた、計画性もない思いつきを無責任に言いあう奴らのせいで、話し合いが長引いたんだろ」

頷きにくい。

「えっと、右梅さんとは学校で合流してから行くんだったよね」

「そ。十七時に昇降口」

「私はそれまで、教室で勉強しているね」

「好きにすれば」

踵を返したところで、来光福音、と呼び止められた。

「この間さ、言ったこと――」

言葉が途切れる。彼女は長いまつげを伏せ、しばらくためらっていた。

「えっと?」

「自学合宿二日目の夜、来光福音が言ったこと、渡部純一には言わないわけ？　あたしだけなの？」

視線を床タイルに落として、なんだかきまりが悪そうだった。あの加藤さんが、逃げ出したいと思っているようにすら見える。

「どうして……」

そんなことを訊くのだろう。まるっきり加藤さんらしくないのに。

「なんでもない。忘れて」

加藤さんはばっさり切り捨てると、早く行けよ、と追いやるように手を振った。

——あの日、加藤さんに言ったこと。

就寝前、和室の窓際で話したときのことだろうけれど。

——どれのことだろう。

短い時間に、いろんなことを話した。

教室で課題や受験勉強を進めて、十七時五分前、荷物を鞄に詰め込んでいるところに、加藤さんが迎えに来た。並んで歩きながら、さっきのはどの発言のことを指していたの、と訊ねようと、切り出し方を考えたけれど、思いつかずにいるうちに昇降口に着いてしまった。

右梅さんは、靴箱の手前の廊下で、今月の標語が貼られた掲示板に背中を預けて待っていた。私たちを見て、眼鏡の位置を直す。

「約束は守るわよ」彼女は開口一番にそう言った。「だけど、そこまでだから。これ以上の協力はしない」

合流して早々に空気が重くなってしまった。

気まずいメンツで田ノ宮駅まで歩き、いつもと反対側の上りホームで五分ばかり電車を待つ。

私たちは黙ったまま電車に乗って、田ノ宮駅から十四分、葉山駅で降りた。

葉山市は人口十五万人の街で、県内では、県庁所在地の城山市に次ぐ大きさだ。仕事は城山、住むなら葉山といわれるとおり、駅から少し離れれば、あっという間に住宅地である。

「バスは少ないのよ。車社会だから」

肩で風を切って歩く右梅さんに、私たちは無言でついていく。数十分、沈黙しどおしだった。いたたまれなくなって話題を提供しようと思うものの、重苦しい空気に潰されてしまいそうな気がして、結局言い出せずに終わってしまうのだ。

「ここ。よく車で前を通るのよ」

右梅さんが足を止めたのは、児童公園の向かいにある、ちょっと古い歯科医院の前だった。篠崎歯科。灯《あか》りは点いているが、患者はもういないそうだ。

その建物の脇を進むと、奥にまた塀と石門があって、表札が出ていた。こっちに住んでいるらしい。

時刻は十八時、何時間も歩き続けた気がしていたけれど、三十分と経っていなかった。

「ああ、良哉のお友達ね。来てくれてありがとう」

篠崎くんのお母さんは、笑いじわの目立つ、明るそうな人だった。いや、もともとはきっと明るくて元気な人だっただろう、という意味だ。さすがに今は憔悴《しょうすい》して、目元に疲れが滲《にじ》んでいる。後ろでひとつにくくっている髪も、仕事あがりのせいかもしれないけれど、ちょっとほつれていた。

敷地の中には住宅が二軒建っている。手前の新しいほうの家に案内されて、私たちはまず、順番にお線香をあげた。

位牌《いはい》が二つ並んでいた。篠崎くんのものと、弟の聖哉くんのもの。

私はきっちりと手を合わせる。篠崎くんの遺言を必ず成し遂げるよ、と心の中で固く誓った。おりんの涼やかな音が尾を引いて消えていっても、まだしばらく動かずにいた。

「お茶とお菓子をどうぞ。わざわざありがとうね。あなたたちが初めてよ、お線香あげに来てくれたのは」

――そうだよね。

篠崎くんの家に誰かが遊びに行ったという話は、聞いたことがない。篠崎くん自身が避けていたのだろう。家に来られては、密《ひそ》かに努力していることが知られてしまうから。

お父さんはまだ歯科医院のほうにいるのか、家の中はがらんとして静まり返っていた。

篠崎くんのお母さんは、まず、右梅さんのほうに顔を向けた。

「あなたが咲江ちゃんよね。電話をくれた。中学のとき以来ねえ。良哉といつも仲良くしてくれてありがとう」

右梅さんの目が、いっぱいに見開かれた。驚きだけじゃない。怖がっているようにも見える。

「お葬式にも来てくれたでしょう。あのときには直接お礼を言えなくてごめんなさいね」

「いえ、こちらこそ……」

篠崎くんのお葬式には、生徒が殺到しないよう学校が配慮したのだろう、各クラスの学級委員長だけが参列を許されたのだ。

「良哉はねえ、がんばりやで気が利いて、全然手のかからない子どもだったものだから、忙しいのを理由に、なんにもしてあげなかったのよ。授業参観も運動会も、全部おばあちゃんが行ってくれてね。そうこうしているうちに……」

そこで言葉を切って、顔の半分を手で覆った。しわの多い、働き者の手だ。

「一日や二日くらい休みをとったって、よかったのにね。行ってあげればよかった」

私は耐えがたいくらいの水圧を感じた。重くて苦しくて、潰れてしまいそうだ。

「——良哉さんは、家ではどんなお子さんだったんですか」

加藤さんにもどうやら、落ち込んだ声というものが出せるらしい。

「そうねえ。弟がいた頃はよく面倒を見てくれて、家事も手伝ってくれて、学校の勉強なんかも、毎日遅くまでがんばってたてね。弟のほうも四年前に事故で亡くしたんだけれど。

それでも良哉は明るくって……でもやっぱり、自分を責めていたんでしょうね」

そこまで言ったところで、すでにもう涸《か》れたようになっている目元から、また新しく涙が湧いてきた。篠崎くんのお母さんは、すぐさま目元を手で覆って、こらえる。

やがて、心を切り替えたように顔を上げると、彼女は言った。

「私も、学校で良哉がどんなふうだったか聞きたいわ」

「篠崎くん……良哉くんはすごい人でした」私はすかさず言った。「勉強も運動も芸術もみんなものすごくできるのに、全然嫌味がなくて、みんなに好かれていました。だから、今度のことで泣いている子もたくさんいて……」

「そう」良哉くんのお母さんは口元だけ笑顔の形にして頷いた。「そう、学校でも人懐っこかったのね。……ありがとう」

沈黙が落ちたところで、加藤さんが切り出した。

「ところで、ひとつお願いがあるんですが」

「なにかしら」

「良哉さんがよく飲んでいた栄養剤のようなもの、あれ、形見にいただけませんか」

篠崎くんのお母さんは、息子とそっくりの、愛嬌のある大きな目をぱちくりさせた。

「あれはうちでみんなで飲んでいるものなのよ。栄養ドリンクみたいなものね。良哉も徹夜明けなんか、特に疲れた日に飲んでいたみたいで……。そうね、フィルムが巻かれたままだったから、持っていってもらっても問題ないかもしれない」

「フィルム。開けていなかったということですか？」

加藤さんの鋭い口調に、立ち上がろうとしていた篠崎くんのお母さんは、動きを止めた。

「ええ、前の日に飲みきってしまったからって、あの日はちょうど新しいケースを持っていって、開けなかったみたいなのよね。鞄に入っていて」

私と加藤さんは、顔を見合わせた。

「そういうことなら――やっぱりいいです」

と加藤さんは首を振る。

「本当に大したものじゃないのよ」

「大丈夫です。あの、遺書のようなものはあったんでしょうか」

良哉さんの、と小さく付け足す。本当に演技派なんだな、と座卓の木目に目を落としながら、私はぼんやりと考えた。

「遺書ねえ。簡単な手紙だったけれど、あの日に学校で書いたんでしょうね。次の日になってから、郵便でうちに届いたの」

篠崎くんのお母さんは、止める間もなく立ち上がった。

「持ってくるわね。ちょっと待っててくれる？」

足音は、居間を出て、階段を上っていく。両親の寝室か、あるいは篠崎くんのものだった部屋に仕舞ってあるのかもしれなかった。

「……しらじらしいよ、加藤さん」

私は呟いたが、彼女は「失礼がなくていいだろ」とあっさりと答えた。

篠崎くんのお母さんは、すぐに戻ってきた。左手に茶封筒、右手にノートの切れ端を持っている。

「きちんとした紙じゃないから、お恥ずかしいわね」

テーブルに広げてくれたので、私と加藤さんはそろって覗き込んだ。

私は思わず呟く。

「……短い」

ですね、と慌てて付け足してから、そもそもこんなこと、ご遺族の前で言うべきじゃなかった、と余計に焦った。

顔を見ると、篠崎くんのお母さんは「そうね」とほほ笑んだ。

「自分で決めたことは絶対に成し遂げる子だったから。こうなる前に相談してくれればよかったんだけどね。不甲斐ない親だわ」

篠崎くんの遺書は、ノートのページを破ったものに、簡潔に三行、こう記されていた。

『たいへんな親不孝だと分かってはいますが、もう疲れてしまいました。ごめんなさい。この家に生まれてしあわせでした』

疲れてしまった。噂で流れていたとおりだ。

「私たちが気がつければよかったです」

「それは親の役目だから。良哉はお友達に恵まれていたと思うわ。わざわざ家に来てくれて、あの子も喜んでいると思う」

会話はそれ以上続かなくて、私は気まずいまま加藤さんを見やった。彼女はまだ手紙を見つめていたが、ふと言った。

「暗くなるから、そろそろおいとましないと」

私たちは何度もお礼を言って、がらんとした家を辞去した。篠崎くんのお母さんは歯科医院の前の道路まで見送りに出てきて、駅のほうへ歩いていく私たちに、何度も何度も手を振ってくれた。

ご両親はあの大きな家に二人きりになってしまった。せっかく二人も子どもがいたのに、どちらも早々に亡くしてしまって。

「結構な収穫だったな」

軽やかな足取りで駅に向かいながら、加藤さんは言う。

「収穫……」

私は篠崎くんのお母さんの顔が思い浮かんで、心臓をわしづかみにされたみたいに、胸が苦しい。

弟を殺した篠崎くん。子どもの死に憔悴するご両親。この事件は、もはや篠崎家の問題だという気がした。

——投げ出してるだけだ。

加藤さんならそう言うかもしれない。学校生活とは関係ないと言い張って放り出したがっているだけだ、死に触れた人間たちを目の当たりにして、自分が傷つくことをおそれているだけだ、と。自分でもぼんやりわかっているのだ。

——だけど、あんまりじゃないか。

弟を死なせて、結局自分も死んでしまったなんて。誰にもいいことがない。

「これで少なくとも、篠崎良哉は薬に毒を入れられたわけじゃないことがわかったよな。あの日は模試だ、教室移動もないのに弁当や水筒に何か仕込む隙があったとは思えない。それよりは、篠崎良哉は毒を飲まされていなかったと考えるほうが自然だ。手紙にあった毒ってのは、あたしらを弟のことへと導くための嘘だったんだろうな。あえて弟と同じ死に方をしたことに注目させることができる」

私も右梅さんも返事をしない。加藤さん一人が、楽しそうに話し続けるだけだった。

「これで私の役目は終わりね」

駅前駐輪場の前に差し掛かると、毒だかなんだか知らないけれど、と右梅さんは足を止めた。

「良哉の秘密は誰にも言わないって約束、守ってよね。知れば傷つく子がいるんだから」

草野さんのことを指しているのは明白である。

「じゃあね。私はもう、良哉のことは忘れるわ。抱えさせられた秘密も、実は殺されたんだってことも。私には関係ないもの」

駐輪場の入り口、歩行者用の狭い柵に入っていく右梅さんを、加藤さんが呼び止めた。

右梅さんは嫌そうに振り返る。

「何?」

「あんたが篠崎良哉の秘密を隠そうとしたのは、本当は草野由美のためなんかじゃないだろ。自分の命と、自己肯定のためだ。——草野由美が篠崎良哉に幻滅して、もうあんたを頼りにしなくなったら困るもんな?」

「……そんなんじゃないわよ」

加藤さんはひらひらと手を振る。

「あんたは、自分がいなきゃ何もできない人間が欲しかっただけだ。頼りにされてるうちは、あんたの存在は肯定されるからな。草野由美が弱いんじゃない。あんたが、草野由美は弱いと勝手に思い込んでいるだけだ。草野由美は草野由美で、篠崎良哉と秘密を共有してたぜ。あんたの知らないところでな」

言い過ぎだ、止めなくちゃ、だけどなんて言おう、なんてあたふたしているうちに、右梅さんは何も言わずに背中を向けて行ってしまった。白いポロシャツの背中が自転車の間に紛れていく。

見ているこちらが気の毒に思うくらい、強がって肩を張っていた。

「何してんだよ、来光福音。行こうぜ」

右梅さんの姿が見えなくなると、私も諦めてその場を離れた。

私と加藤さんは下り電車に乗って、がらがらの座席に並んで座った。

「なあ、来光福音、この後の予定だけどさ――」

「加藤さん……さっきのは、あんまりだよ」

たったこれだけのことを言うのに、私は心臓が高鳴って、冷や汗をかいていた。

怒られるかもしれないと思ったけれど、一度言い始めると、口は止まらなかった。

「右梅さんだって、偶然あんな秘密を知ってしまってから、ずっとそれを隠してきたんだよ。並大抵のことではないと思う。それを、あんなふうに……右梅さんが自分のために隠していたみたいに言うのは……」

「事実だろ。何かにつけて草野由美のせいにしてるほうが、よっぽどたちが悪い」

「そういう問題じゃないよ」

違うんだよ、加藤さん。

「右梅さんだけじゃない。草野さんも、三村くんも、傷ついてたよ。みんな篠崎くんのことが好きだったし、加藤さんのやり方は、その人たちを利用して、よけいに傷つけているだけだよ」

「ふうん、来光福音はそう思うわけ」

電車が田ノ宮駅で停まって、また出発した。乗ってくる東高生はいない。下校時刻をとうに過ぎているのだ。

「じゃ、あたしが捜査から降りる。それでいいだろ。あんたはあんたのやり方で、一人でやってみればいいじゃんか」

　隣の加藤さんを見上げた。棘《とげ》のある言い方だったけれど、表情は愉しんでいるみたいだった。

「加藤さん、全然反省していないでしょう。一言多いんだよ。ひとを傷つけて、なんとも思ってない……」

　目元を覆って必死で涙を隠す篠崎くんのお母さんのことがまた思い出されて、胸のあたりが痛んだ。

「……そういうところが、みんなを傷つけているんだよ」

「わかってるって。あたしを誰だと思ってるわけ。ま、だから、あたしがいなくなれば文句はないんだろ。来光福音は来光福音が思うように、みんなが傷つかないやり方を探せばいい。犯人がわかったら教えろよ」

「加藤さん！」大声が出た。「そうじゃないでしょう。そういうことじゃないんだよ。加藤さんがやり方を変えなきゃ……」

「そういうことなんだよ。あんたが気づいてないだけでさ」

　なげやりにそう言って、加藤さんは立ち上がった。ノンストップのモーションで、スカートのポケットから単語カードを抜き出すと、私の膝に放り投げる。

「じゃあな、来光福音。がんばれよ」

「待って、加藤さん、話はまだ……」

言いきらないうちに、ちょうど開いたドアから、身軽に降りていってしまった。城山駅のひとつ手前、加藤さんの最寄り駅だ。

「加藤さん……」

言いたかったことをきちんと伝えられなかった後味の悪さで、肺のあたりがもやもやしていた。追いかけてもう一度話を聞いてほしかったけれど、電車はもうホームを出てしまったし、それに、きっと、何度言っても言葉が通じないだろう。

——せっかく仲良くなれたと思っていたのに。

やっぱり、人種が違うのだ。この壁は言語や文化の壁より高い。

気がつくと、車両の端から、サラリーマンや大学生くらいの人たちが数人、こちらに注目していた。急に顔が熱くなる。視線を下げると、単語カードの束が床に滑り落ちていた。私はそれを拾い上げ、ちょっと迷った後で、鞄に放り込んだ。

いったん落ち着こう、と文庫本を開いたけれど、文字は全然頭に入ってこなくて、加藤さんに納得させたかったことばかりが、ぐるぐると渦巻いていた。

第十五章　八月二十八日（木）

普段どおりに補習授業に出席して、午後は文化祭の準備を手伝ったり受験勉強をしたりして、暗くなる頃には家に帰り、それからまた勉強をした。いくら勉強しても十分ということはない。平凡なサラリーマン家庭だから私立大学には行かせられない、弟もいるのだし、とお母さんには言われているのに、今の成績では、国立大学を受験させてもらえるかどうかすら怪しいのだ。まずは担任の先生を説得できるところまで行かなくてはならない。

文化祭まで二週間ちょっとしかないので、そちらの準備も急ピッチで進められていた。学級委員長たちがアイスの仕入れ先を確保している間に、有象無象のメンツは看板やポスター、教室の装飾を作ることになる。受験勉強の妨げにならないよう、準備は長くとも一日二時間まで、という荒井先生からのお達しがあるので、時間が足りないのだった。

昨日の放課後には、ロッカーから絵の具セットを取り出しているときに、加藤さんが通りかかった。たぶん私に用事があったのだろうけれど、私は反射的に綾ちゃんに大声で話しかけて、教室へ逃げ帰ってしまった。

これで普通なのだ。

犯人捜しは終わったのだし、私たちはもともと、篠崎くんに言われて協力しあっていただけなのだから。それぞれの住む世界に戻ったというだけのことである。

そんなふうに思っていたところへ、また、下駄箱の中に手紙が入っていた。

いつもどおり、ホームルーム直前の電車で登校して、最上段の靴入れから上履きサンダルを取り出すときに、紙片がばらばらと降ってきたのだ。

二通ある。

さっと拾い上げて、すばやくポケットにしまいこんだ。何度見てもドキドキする。また死者からの手紙が入っているんじゃないかと思って。

教室に入る前にどこかで読みたかった。だけど秘密基地はだめだ。加藤さんと鉢合わせるかもしれない。

私は鞄を持ったまま右往左往して、ともかく、人気の少ない南校舎に向かった。三階まで上がると、朝練の片づけをする吹奏楽部員が遠くに見えるくらいで、しんとしていた。

家庭科室前の壁に寄りかかって、二枚の紙を開く。

一枚目は犯人からと思われる手紙で、『九月十三日までに見つからなければ、篠崎良哉の負けだ。犯人は永久に消える』と書かれてあった。相変わらず荒々しい筆跡だ。

もう片方は加藤さんからで、この手紙が加藤さんのロッカーに入れられていたのを、二十七日水曜日、つまり昨日の朝に見つけたということが、簡潔に記されている。

小さな手紙を握って、私はしゃがみこんだ。

――どうしろっていうんだろう。

私にはどうしようもない。

篠崎くんの家からの帰り、電車の中で、加藤さんは私一人で捜査すればいいと言った。あれは拗ねていたんじゃなくて、本気みたいだ。

だけど、私はそもそも、捜査なんてできる器じゃない。本気で犯人を見つけようとするなら、加藤さんくらいいろんなことを知っていて、いろんなことを考えて、いろんな人に話を聞けなければならないのだ。

篠崎くんが私に手紙をくれたのは、完全に見込み違いだったのである。

そうして私は、逃げるように普段通りの生活を送った。加藤さんと出会うまでは、普通だと実感することすらできなかった、普通の日常へと戻ったのだ。

久しぶりに一緒にお弁当を食べて、一緒に勉強をし、一緒に帰ることになって、綾ちゃんは、こちらが面食らうくらい喜んでくれていた。

「加藤さんに見捨てられちゃったの？」

昇降口を出て、周囲に人が少なくなるなり、綾ちゃんは嬉しそうにそう言った。

「う―ん、ちょっとけんかしちゃったというか、一緒にいる用事がなくなったというか」

「フクちゃんでも誰かとけんかすることがあるんだね。意外だね」

「そうかな……」

そうかもしれない。たとえば、綾ちゃんとだったら、絶対にけんかはしない。多少のことは我慢するし、綾ちゃんもそうしてくれているだろうから。

平和ですばらしいけれど、少しだけ味気ない。なんて思ってしまうのは、加藤さんのエネルギーの強さに慣れかけていたせいかもしれない。だけど結局、私はそれについていけなかったのだ。

「天才と関わっても、あんまりいいことないよ。フクちゃん、最近噂になってたもん。加藤さんと仲良くしてたから」

「どういう噂？」

「えっとね、たとえば、フクちゃんが弱みを握られて使いっぱしりにされているんだとか、天才に媚びを売ってテストの点を上げようとしているんだとか。あと、いきなり加藤さんにすり寄り始めたのは、今まで懐柔しようとしてた篠崎君が死んじゃって、乗り換えたからだとか」

思わずこめかみに手を当てた。目を閉じてもくらくらする。なんて醜悪なんだろう。

「そんなんじゃないよ……」

「じゃあ、本当はどうして加藤さんと一緒にいたの？　しばらくアヤとも一緒に帰ってくれなかったじゃん」

小さな頬を膨らませている。

「前にも言ったとおり、ちょっと秘密の調べ事をしていたの。加藤さんと私とでやるように言われていたから……」

「じゃあ、それ、もう終わったんだ」

「うーん……」

田ノ宮駅の改札を抜けて、それぞれのホームに降りていく分かれ道に来たはいいけれど、綾ちゃんは右腕を抱き込んで放してくれない。言質《げんち》をとるまで帰すつもりはないようだった。

「終わったというか、中止になったというか……。さっきも言ったみたいに、ちょっとけんかしてしまって、それで、もうやめにしようって……」

やめると言ったのは加藤さんだけだけれど。

「そうなんだ」綾ちゃんはにっこり笑って、摑んでいた私の腕を解放した。「もうしなくていいならよかったね。何を調べてたのか知らないけど……もう加藤さんから離れられるんだもんね。ね、やっぱり関わらないほうがいいんだよ」

それから、ばいばいまた明日ね、と何度も手を振って、綾ちゃんは上りのホームに降りていった。あの日、篠崎くんが飛び降りたほうのホームに。

私もため息をひとつついて、下りのホームへ降りる。階段を下りきったところで立ち止まると、ちょうど反対側に綾ちゃんがいた。お互いに手を振る。

綾ちゃん、やけに嬉しそうだ。

――どうしてだろう。

本当に、そんなに寂しかったんだろうか。寂しいからって、捜査をやめたほうがいいなんて、言うものだろうか。

綾ちゃんの後ろを、階段を下りてきたばかりの影が通り過ぎた。ミッキーだ。そうだ、いつもホームの端で電車を待つミッキー。

――僕は誰も見なかった。見たとしても、言えないこともあるけどね。教師として。

そうだ。私が一人で訪ねたとき、ミッキーはそんな思わせぶりなことを言ったじゃないか。言えないというのは、相手が私だったから言えなかったんじゃないのか。私がショックを受けると思って隠したんじゃないのか。

そうだとしたら、考えられる犯人は……。

思いついた瞬間、私は走り出していた。今下りてきたばかりの階段を駆け上がり、何人かの東高生にぶつかりながら、反対側のホームへ渡る。綾ちゃんが階段の下からこちらに何か言っているけれど、私はごめんねと呟いて、その脇をすり抜けた。

ミッキーはホームの端に向かって歩いている。白衣を着ていないと痩せて見える。

「先生！」

私は飛びついてまくしたてた。

「先生、あの日、本当は誰を見たんですか。言えないって、それは、私には言えないってことですか。だったら、いたのは、私の友人だったんじゃないですか。たとえば」

たとえば松戸綾ちゃんとか。

そこまで言葉にすることができなかった。私はまだ、彼女を疑う覚悟ができていない。

「たとえば……三年二組の誰か、とか」

「君は」

ミッキーは一歩さがって、まず私の顔を見た。すぐには誰だかわからなかったみたいだ。

「先生、先生、本当のことを教えてください。あの日見たのは──」

「どうしたの、フクちゃん！」

追いかけてきた綾ちゃんが、私の腕をとった。私は焦る。

「ああ、君は、来光さんか」

先生はこちらの焦りなんて気にもかけていない。私はその顔を見つめて、次の言葉を待った。

「何度訊かれても、言えないものは言えないなあ。申し訳ないけどね。でも、そうだね、あのときあのあたりに、一人、立っていたような気がしなくもないかな」

ミッキーは、向かいのホームの階段下を指差す。薄暗いけれど、ここからならばっちり見える。

「それは誰だったんですか。もし……」

「来光さん、ここまでだよ。あとは──前にも言ったとおり、当日、学校の中で何があったのか、それを調べるべきだと思うね」

言うなり、引き留める間もなく、先生はくるりと背を向けて行ってしまった。

「一人……」

誰だろう。

「ねえフクちゃん、なんの話をしてたの？　あれって、物理のミッキーだよね？」

「綾ちゃん……」

先生は否定しなかった。綾ちゃんだという可能性を、否定はしなかった。

「ねえ、綾ちゃん」

「なあに？」

「もし……もしもね、三人の天才のうち、一人が偽物で、昔悪いことをしたんだとしたら、綾ちゃんはどう思う？」

「え？　それって、加藤さんが本当は天才じゃないってこと？　そうは見えないよ？　悪いことはしてそうだけど」

私は、彼女の一重瞼《ひとえまぶた》の奥の、小さな目をじっと見つめる。わからない。

綾ちゃんが……クラスでいちばん仲良しの、綾ちゃんの本当の心が。

私には読めない。わからないんだよ、加藤さん。

モノローグ・Ⅲ

『宇宙が空のままだったら、僕らはしあわせだったろうに』

「当を得てはいるよな。最初から宇宙に放り出されていたか、自分の翼でせっせと上ってきたのかの差はあれど、空の上にいるってことには相違ない。下から見ている分には空でしかないのに、こんなところまで来てしまってさ。そんなつもりはなかったのにな。宇宙なんて冷たくて寒くて寂しいところなんだぜ」

『加藤は最初から上にいたからね。わざわざ上ってこようなんて、ばからしく見えるんだろう』

「そりゃあね。そのくせ、結局寂しくて落ち込むなんてさ」

『加藤はちゃんと着地できるといいな。そのときにはもう、僕は必要なくなってるかもしれないけど』

「着地、ねえ。大気圏突入がいちばん危険なんだぜ」

『知ってるよ。それでも、いつか真相が解《と》かれれば、そのときには道しるべが見つかるかもしれないじゃないか』

「あたしと来光福音への手紙がその第一歩ってわけだ」

『そういうこと。さすが、加藤は、もう全部わかってるんだね』

「篠崎良哉が来光福音に手紙を遺した理由を、ずっと考えてたんだ。文学少女だと思われていたって、別に大した戦力にはならない。来光福音に探偵ごっこで楽しんでもらうためだっていうなら、あたしは要らない。来光福音の活躍の場を奪うからな」

『つまり、加藤はどう考えるわけ？』

「篠崎良哉の狙いは最初から来光福音にあった。あたしはおまけだったたってわけだ」

『ふうん、それで手を引いたんだ。来光さんを待ってるんだね』

「そういうこと。さすがにあんたでも篠崎良哉の考えはわからなかったか。あんたも偽物なのにな」

『加藤』

「ひとつの事件にふた月もかけたとあっては、天才の名折れだぜ。そろそろ決着つけさせないとな」

第十六章　九月十一日（木）

夜の空気は湿って粘りけがあり、クーラーの室外機がしゃかりきになってそれをかきまぜようとしていた。

「ねえ、加藤さん」

うちは五階建てのマンション住まいで、部屋は三階にある。手すりから身を乗り出すと、どこかの家のお父さんが、コンビニ袋を提げてエントランスへと入ってくるのが、真下に見えた。

「今まで話を聞いた人たちはね、犯人じゃないみたい」

『――へえ』

電話越しのせいか、声から感情が読み取りづらかった。

だけど、彼女はきっともう怒ってはいないはずだ。ううん、最初から、怒っていたのは私のほうだけだった。

「ミッキーがね、篠崎くんの向かい側に一人いたって、証言してくれたの。電車が出たばかりの下りホームに。ということは、同じホームにいた人たちは、犯人じゃない」

『ま、その向かい側にいた奴が犯人ならな』

「けれど、自殺する篠崎くんを見るなら、正面がいちばん都合がよかったのかも。上りホームにいた人たちにはっきりした証拠がないのだから、反対側のホームにいた人が誰なのかを突き止めるべきだと思って」

ぺらり、紙をめくるような音が、右耳から聞こえる。加藤さん、本を読んでいるらしい。

彼女の後ろからは、幼児向けと思われるテレビの音声と、小さな子どもたちが追いかけっこをする声が聞こえていたけれど、私はそれについて訊ねることができなかった。携帯電話を耳に押し当てて、その向こうに広がる空間に、必死で意識を向けていただけだ。

「それでね、まずは、もう一度みんなに話を聞いてみることにしたの。向かいのホームに誰か見なかったかって」

『見なかったって言っただろ、全員』

「うん……」

右梅さん、草野さん、三村くんからは、何度訊ねても、これまでと同じ答えしか引き出せなかった。

「だから、次にね、犯人からの手紙を手がかりにすることにしたの。加藤さん、靴箱に入れておいてくれたでしょう?」

まがまがしい筆跡で書かれた『九月十三日までに見つからなければ、篠崎良哉の負けだ。犯人は永久に消える』の手紙である。

「あの手紙はなんだかおかしいと思ったんだ」

九月十三日といえば、文化祭二日目だ。どうしてこの日なんだろうか。それに、永久に消えるという書き方もよくわからない。証拠でも真相でもなく、犯人が消えるというのだ。

気がついたのは、今週の月曜日、新学期も始まり、文化祭に向けてますます慌ただしくなってきた日のお昼休みのことだった。

「転入生や転校生のことって、誰が管理しているんだろう……」

タコさんウインナーを頬張ったばかりの綾ちゃんは、目を真ん丸にして私を見つめた。それで私も、自分の考えが口から出ていたことを知る。

「転校って……。たぶん、担任の先生は知ってるんじゃない？」

「うーん」

犯人が誰かもわからないのに、担任もなにもない。

「あとは、教頭先生とか？」

「それだ」

お弁当をいそいそと片づけて、私はさっそく、南校舎一階の職員室に赴いた。カモフラージュのために数学のノートを持っていく。

その偽装が藪蛇《やぶへび》だったか、入り口から様子をうかがっていると、荒井先生に目をつけられてしまった。

「なんだ、来光、誰かに用事があるなら、先生呼んできてやるぞ」

「あ、いえ、いいんです」

「昼休みまで熱心ですばらしいな！　数学か、田中先生だな！」

「いいんです、先生！」

全然聞いていない。外まで聞こえる大音声で田中先生を呼んでいる。

今すぐ逃げ出してしまおうかとも考えたけれど、担任の心遣いをふいにする勇気も湧かない。

出てきてくれた初老の田中先生に、ここの公式がわからなくて、とぱっと開いたページを適当に指差して、一刻も早く説明が終わってほしいと心の中で祈った。

そんなことをお昼休みのたびに三度も繰り返して、目的の教頭先生がつかまったのが、九月十一日、タイムリミットが二日後に迫った今日だった。

「教頭先生！」

四限が終わるなりダッシュで向かうと、目当ての小柄な先生が出てくるところだった。

「待ってください、教頭先生。あの、私、えっと、今月中に転校する生徒がいるか知りたくて……。特に、文化祭をきっかけに……」

教頭先生は急いでいるようで、足を止めてはくれなかった。大股で廊下を闊歩《かっぽ》しながら、タヌキが喋るのを見たかのような顔で振り返った。

「転入も転出も、そんな話は聞いていないよ。この時期は中途半端だからね。どうしてそんなことを聞くのかな。えー、君は……」

「そうですか、ありがとうございました」

早足で歩き去る先生の背広を見送って、私はため息をついた。三日分のお昼休みを費やした成果に値しただろうか。

『転校とは、考えたな、来光福音』

加藤さんは電話の向こうで大笑いをした。

「笑わないでよ、加藤さん。捜査、全然進んでいないんだから」

静かな住宅街に、誰かの革靴の音がこだましている。

『んなことないじゃん。可能性潰していってるだろ。進歩してる』

「でも、犯人は全然わからないし……」

それにしてもなあ、と加藤さんはまた、空気を抜くように笑いを漏らす。

『なんで九月十三日なのか、って――十三日だからに決まってるだろうに。転校って発想、そうないだろ』

「え?」

相変わらず笑い上戸の加藤さんは、笑いのまじる呼吸を整えて、言う。

『犯人が追い詰められてるのは、右梅咲江や三村大輝をつかってまであたしらを邪魔しようとしたことから、明らかだろ。真相がバレるのが怖くてしょうがないのか、それとも篠崎良哉を殺したこと自体に精神をやられてるのか知らないけど、ともかくもう終わらせたいんだ』

「それでどうして十三日なの？」

不吉な数字だからだろうか、などと思いながら訊ねる。

『問題は前の日だ。十二日。篠崎良哉の月命日だろ。死んだ日からちょうど二ヵ月だ。いつでもいいけど終わりにしたい人間ってのは、きっかけを必要とするもんなんだよ。二ヵ月が過ぎたら終わりにしようって思ってんだろ』

「二ヵ月……」

二ヵ月も経つのに、犯人の見当もつかないのだ。

ミッキーの態度から、綾ちゃんが怪しいと思いはしたけれど、結局、確証は得られないままだ。あの日何をしていたか訊いてみたら、文芸部の子と一時間ばかり話してから、一人で帰ったとのことだった。きっと、篠崎くんが亡くなった時間帯にはアリバイがないだろう。

「加藤さんがまた一緒に捜査してくれたら、すぐに解決すると思うんだけれど」

犯人は反対側の下りホームにいただとか、タイムリミットの手紙だとか、せっかくの新しい手がかりも、私では役立てることができなかった。今までは、壁に当たったように見えても、加藤さんがすぐに新しい方策を示してくれたから、はっきり行き詰まることがなかったというだけで、やっぱり私一人ではだめなのだ。

『もうあたしの力は必要ない』

加藤さんはきっぱりと、けれど明るい声で言った。

『ここから先は、もう、来光福音一人でやるんだ』

「……もしかして加藤さん、犯人がわかっているの?」

電話の向こうで、笑い声が漏れた気がした。

「お願い、ヒントでいいから」

『ヒント。ヒントなあ。あんたの親友の松戸綾。あいつが本質を理解していると思うけどね。——あたしが言えるのはここまでだ。犯人がわかったら、答え合わせしてやるから』

「綾ちゃん? 本質って?」

『あーあ、来光福音のせいで、文化祭中、学校にいなきゃなんないじゃんか』

じゃあな、と電話を切られてしまった。

私はしばらく携帯電話を見つめて、それからため息をついた。本人に話を聞いてみるしかなさそうだ。

第十七章　九月十二日（金）

そして今日だ。文化祭初日。

開催日は今日と明日の二日間。外部のお客さんが入るのも模擬店も明日だけで、一日目の今日は、文化部の発表やゲストの演劇を観るだけの、前夜祭のようなものである。

体育館にクラスごとに並んで座り、うわの空で舞台を眺めながら、私は考え続けていた。

――どうしよう。

綾ちゃんになんと訊けばいいというのだ。本質を理解しているって加藤さんが言っていたんだけど本当なの、なんて訊ねたって、なんの話かわからないだろう。それとも通じるのだろうか。

その綾ちゃんが舞台の感想を時折耳打ちしてくるのを生返事で流しているうちに、演劇も吹奏楽部の発表も終わって、体育館を退場する時間になっていた。この後は、お昼ご飯を食べて、模擬店の準備だ。

「フクちゃん、なんか元気ないね」

顔を上げると、向かい合ってお弁当を食べる綾ちゃんと、ばっちり目が合った。

「今日ずっとぼんやりしてない？」

「ああ、うん……」私は覚悟を決める。何しろ明日が期限なのだ。「あのね、綾ちゃん。ここのところ、私と加藤さんとで調べ事をしていたでしょう。そのことで相談があるの」

教室でできる話題ではないので、私たちは食べかけのお弁当を一度畳んで、場所を変えた。今日はどこもかしこも文化祭の飾りつけがなされていて、落ち着いて昼食をとれる場所は限られている。私は考えに考えて「中庭に行こう」と提案した。

木々の間にベンチと涸れた噴水があるだけの中庭は通常運転で、人気がない。葉の厚い常緑樹が生い茂り、薄暗い雰囲気がする。まともに立ち入るのは初めてだ。

「それで、相談って？」

噴水の脇のベンチに並んで腰かけ、膝に弁当包みを広げたものの、私は箸をとれずにいた。心臓が高鳴っている。加藤さんや渡部くんと話すときとも、授業中に指名されたときとも違う、もう少しおとなしくて、細く長く続く緊張だった。

「あのね、綾ちゃん。私が加藤さんと一緒にいた理由を、まず聞いてほしいの」

早足の心臓に急《せ》かされるようにして、私は遂に、篠崎くんから手紙が届いたこと、彼の死の真相について加藤さんと調べて回っていたことを打ち明けた。

「その途中で、加藤さんが捜査をやめるって言い出しちゃって……どうしたらいいかわからないところなの」

話し終えて綾ちゃんを見ると、彼女は、私が予想だにしていなかった種類の表情を浮かべていた。はっきりと勝ち誇った顔をしていたのだ。

「やっと話してくれたね、フクちゃん」

その表情の理由をとらえ損ねて、私は反応することができなかった。

「フクちゃんに頼ってもらえて嬉しいよ。ね、やっぱり加藤さんとはうまくいかなかったでしょ。今度はアヤと捜査するんだね?」

「えっと、そういうわけでもないんだけれど」

綾ちゃんはどうしてこんなに嬉しそうなんだろう。捜査だなんて、普通は喜ばない。普通の生徒はそんなことしない。不必要に目立つ行為だからだ。自分でやっておきながら言うのもあれだけれど、同級生が自殺した事件の真相を調べるなんて、ただの高校生にできるとも思えないし。

「綾ちゃん、前に篠崎くんのことで何か言いかけていたよね? 加藤さんがね、綾ちゃんの話を聞いたほうがいいって」

加藤さんの名前が出ると、感情の素直に出る目が、あからさまに歪んだ。そして彼女は、敢然と立ち向かうかのように両の拳を握って言った。

「篠崎君が自殺した理由は知らないけど、アヤね、篠崎君からの手紙は偽物だと思う」

「偽物……?」

「そう、偽物。だって、普通に考えておかしいじゃん。あんなに頭が良くて、人の心が読めるとか言われてる加藤さんがいるんだよ。フクちゃんがいくら本が好きだって、それだけで天才に見込まれたりなんてしないよ。っていうか、正直、そこまですごく好きで詳しいってわけじゃないでしょ、フクちゃん」

最後の言葉はすとんと私の胸に落ちて刺さった。物理室の机でもくもくと難しい本を読んでは、何事かを計算している渡部くんの姿が、一瞬脳裏によみがえる。

「でも、それじゃあ、どうして私に手紙が？」

「決まってるじゃん。フクちゃんを奪いたかったんだよ。友だちを横取りするの。だからやめといたほうがいいって何回も言ったじゃん。事件の捜査なんて、フクちゃんを巻き込む口実だよ」

フクちゃんをとられちゃいそうだな、ってずっと思ってたんだよ。フクちゃんと仲良くしたいと思っている子が手紙を出したんだよ。

綾ちゃんはため込んでいたものをすべて出し切ってしまおうとでもいうように話し続けた。

「だ、だけど、私と仲良くしたい子って、いったい誰だろう」

「加藤さんしかいないじゃん。だって、加藤さんと一緒に捜査しろって、手紙に書いてあったんでしょ？　それで加藤さんが迎えに来たんでしょ？」

「でも」

「また、でも、だ」

「だって、どうして私が？　はっきり言って地味なほうだと思うし、加藤さんと話したこともなかったんだよ。さっき綾ちゃんも言ったよね、私が天才の目に留まるような理由はないって」

「篠崎君、知ってたよ」

フクちゃん忘れちゃったの、ときょとんとしている。

「フクちゃん、篠崎君に言ったじゃん。天才の子と仲良くしたいって。篠崎君は知ってたんだよ。だから加藤さんと篠崎君は……」

レミニセンス・AM

一年六組の教室に戻って、すぐにフクちゃんの姿を探した。

朝のホームルームが始まるまであと十五分。教室の中は賑やかだ。あちこちのグループで笑い声があがる。フクちゃんはそのどこにもいない。自分の席にも。

一緒に田中先生のところに行って、数学の質問をしようって約束してあったのに。

あたしは仕方なしに、冷えきった指をあたためようと、教室の入り口近くの石油ストーブに近づいた。

あたしのスカートは膝までの丈があるし、黒いタイツを穿《は》いてはいるけれど、持久走大会まであと十日という時期の寒さはなかなか防げない。廊下の空気なんて、まるきり氷水のようだった。

「来光さん、手伝ってくれてありがとう」

篠崎君の声だ。顔を上げると、彼が教室の扉を開けて、フクちゃんに先を譲ったところだった。

「ううん。私もちょうど暇だったから」

「だけど助かったよ。いつもは三十分くらいは解放してもらえないから。職員室、寒かったね」

「篠崎くん、吉岡先生に気に入られているんだよ」

このまま席に戻っちゃって、と願ったけれど、二人はストーブに近づいてきてしまった。

「あ、綾ちゃん」フクちゃんがあたしの隣に並んで、ほっとしたような笑顔を見せた。

「ごめんね、田中先生のところに行くんだったよね」

「松戸さんと用事があったんだね。ごめん。僕も来光さんも吉岡先生に呼ばれていたから、せっかくだし一緒に来てもらったんだ」

フクちゃんの小さな頭越しに、眉尻を下げて、篠崎君が言った。あたしは慌てて手と首を振る。

「う、ううん。いいの。後でもよかったから!」

篠崎君は本当にいい人だ。あたしみたいな地味な女子の名前だって憶《おぼ》えているし、きちんと対等に扱ってくれる。

「それに、吉岡先生に呼ばれたのって、読書感想文が県のコンクールで表彰されて、全国の部までいっちゃったからでしょ? すごいよね、二人とも」

ありがとう、と篠崎君は照れたように微笑んだ。

「同じ学校から二人も出るのは珍しいって、先生も言ってたよ。来光さんの感想文、題名だけでもおもしろそうだったし」

「そんなことないよ」

フクちゃんは自然に笑っている。すっかり仲良くなってしまっているのだ、あの篠崎君と。狙ってる女子多いんだから、どうなっても知らないぞ。

あたしは少しだけ、二人から体を離す。

「やっぱり、東高三人の天才とは比べ物にならないよ」

フクちゃんが言うと、篠崎君は、ああ、と言った。

「最近、そんなふうに呼ばれるんだけど、誰がつけたんだろうね。僕と、渡部と、加藤さんだっけ、二組の女の子」

「先生たちの間でも噂されているみたいだよ。あの三人は別格だ、天才だって」

「恥ずかしいなあ。僕たち自身は、お互い、そんなに話したこともないんだけどね」

二学期に入ってからというもの、東高三人の天才の伝説は、インフルエンザあたりを軽く凌駕《りょうが》する勢いで校内に広まったから、あたしもよく知っている。

とんでもなく頭がいい人たち。

入学直後の実力テストでは、三人そろって全教科満点だったと、数学の田中先生が授業中に漏らしていた。夏休みの全国模試では、学年はおろか全国の高校一年生の中で、三位やら五位やらをとってしまった。そのくせ、学習塾にも家庭教師にも縁がないというのだ。

「だけど、篠崎くんは、三人の中でもいちばん話しやすいね」

フクちゃんがそう言った。

「そうかな。渡部や加藤さんもいい奴だと思うけど。来光さんは、彼らと話したことあるの？」

「渡部くんとは、小学校から同じだから」

フクちゃんは不自然に言葉を切る。振り返ったら、もの悲しい、どこかに諦めのようなものが見える横顔をしていた。ちょっと迷う素振りを見せて、結局フクちゃんは続けた。

「一度だけね、話しかけたことがあったんだ。小学校の四年生くらいだったかな、同じクラスだったとき。お昼休みに、渡部くん、一人で本を読んでいたの。天気が良くて、次の時間が体育だったから、みんな外に遊びに行ってしまっていて、教室には私たちだけだった。なんの本を読んでるの、って声をかけたら、表紙を見せてくれた。深海について書いてある本だった。私が読むのは物語の本ばかりだったし、なんだか、何を言ったらいいかわからなくなってしまって、おもしろそうだね、私も本が好きなんだ、って言って……会話、終わっちゃった。逃げ出したの」

後悔している、とフクちゃんは、小さな声で付け加えた。

初めて聞く話だった。

「深海かあ」篠崎君は言った。「それでも来光さんは、渡部とまた話したいと思う？」

「できたら……。だけど、私じゃきっとだめだよ。天才とは次元が全然違うもの」

「大丈夫、来光さんは優しいから。……大丈夫」

そしてあたしは思った。

篠崎君にそんなことを言われるフクちゃんは、きっと、あたしの友だちのフクちゃんとは、少しだけ違うのだ。

第十八章　九月十二日（金）・Ⅱ

加藤さんだ。

なにはともあれ、彼女を捜さなければならない。

まずは一組に向かう。加藤さんはどこにも見当たらなかった。階段の上、秘密基地にもいない。文化祭中は登校すると言っていたから、どこか別の場所にいるはずだ。

──見つけたら、なんと言おう。

綾ちゃんにこんなことを言われたんだけど、私と仲良くなりたくて嘘の手紙を書いて、一緒に捜査をさせたの？

たしかに仲良くなった。それまで話したこともなかったのに一緒に帰ったし、アイスだって食べたし、自学合宿の休み時間にはおしゃべりもした。けれど、綾ちゃんの考えが真実だとは限らないだろう。いや、そもそも、綾ちゃんの話を聞くように仕向けたのは加藤さんじゃないか。自分が犯人なのに、そんなことをするだろうか。

どうしたらいいんだろう。

座り込んでいるわけにはいかないので、私は歩き続けた。

三階の家庭科室、音楽室、階段をワンフロア降りて、物理室。ミッキーの住処《すみか》である物理準備室。その隣には、右梅さんが早朝勉強に励む自習室。化学室を過ぎて……そこで足を止めた。

——でもやっぱり、僕だったら、当日の篠崎くんの足跡を追うかな。

そうだ。綾ちゃんの曖昧な話だけでは推理にはならない。ミッキーが何度もアドバイスしてくれたじゃないか。証拠を得てから加藤さんに確かめるほうがいい。

私は大急ぎで北東の階段へ向かう。三階。ここで右梅さんは、篠崎くんに出会った。もたつく指でポケットから単語カードを引っ張り出す。加藤さんはいつの間にか、裏面に詳細を書き込んでくれたらしい。あった。十五時四十五分頃。篠崎くんはリュックを背負っていた。

右梅さんは自習室から教室に戻るところで、篠崎くんは、教室のほうから歩いてきた。リュックを背負っていたというのだから、三年四組の教室から出てきたところだったんだろう。模試が終わって一時間弱、ずっと教室にいたのだろうか。どこかで遺書を書いていたのか、それとも犯人に脅された後、遺書を書くために荷物を取りに戻ったのだろうか。

目撃証言を集めないと。

私は急かされるようにして教室のほうへと角を曲がる。飛び出した途端、軽くて小さな人影にぶつかった。

「ご、ごめんなさい」

私は一瞬で冷静になって、自分が突き飛ばしてしまった女の子に頭を下げた。

「謝るくらいなら、手、貸してくれたっていいじゃん」

草野さんだった。

クラスのおつかいに行くところだったらしい。片手には小さなメモをしっかりと摑んでいる。私はどうやって引っ張り上げたらいいのかわからないまま、手だけ差し出した。

「ごめんなさい、私、急いでいたから……」違う、焦っていたんだ。「あの、加藤さんを見なかった？　急ぎの用事があるの」

「なあに、迷子になったの？」

「うん、まあ……」

差し出した手に体重をかけられて、私は思わずよろめく。草野さんは小柄で細身なのに、人間の体って意外と重いのだ。

立ち上がった草野さんがスカートを払うのを、ぼんやりと眺めながら、ふとひらめく。あの日、篠崎くんが亡くなるときにホームに居合わせた人たちは、同時に、校内に残っていた人でもあるのだ。模試の後にも学校にいた、数少ない目撃者たち。

「草野さん、あの日……そう、七月の模試のあった日、草野さん、教室にいた？　帰るまでどこにいたの？」

「三組にいたよ。クラスの子たちとおしゃべりして、帰る前に自習室行ってお咲を呼んで帰ったの」

「篠崎くんが……どこにいたか、知らないかな？」

「知ってたら一緒にいたよ。良哉君、四組にいなかったたし。リュックは置きっぱなしだったけど。でも、なんでそんなこと訊くの？　もしかして、良哉君を殺した奴、見つかったの？」

草野さんは急に剣呑《けんのん》な目つきになって、ぐいぐい詰め寄ってくる。彼女との間に両手を立てて、私は慌てて、声が大きいよ、と囁いた。

「と、とにかく、あの日、篠崎くんは教室にいなかったんだね」

「うん。でも、一回だけ、三組の前を通ったよ。帰るとこみたいだった。そのとき、あたしのほうが話が盛り上がってたから、ちょっとしてから追いかけたの。そしたらお咲が歩いてきて呼び止められちゃって、良哉君とお話しできなかったんだよね」

だんだん記憶がはっきりしてきたみたいで、うんうんと頷き、

「そうなの、だからね、その後、お咲がもう少し勉強するっていうから、それを待ってから帰ったのに、良哉君が駅にいたから、ちょっと驚いたんだよね」

「その一回以外には、篠崎くんは廊下を通らなかった？　草野さんはずっと教室のあたりにいたんだよね？」

「うん、通ってないよ。一回しか」草野さんは小さな頭を振った。「通ったら、あたし、絶対わかったはずだもん。良哉君の足音とか、すぐに気づくから」

「何をしていたんだろう」

ここを通ってから駅に行くまで。

無意識に呟いていた。草野さんはかわいらしく首をかしげる。

「最後のあいさつをしてたんじゃない？　お母さんに電話とか」

遺書を書いたのに？

「良哉君、飛び込む直前、笑ってるように見えたんだよね。きっと、最後に話したいこと話して、未練とかなかったんだよ。最後に話す人の中にあたしが入ってなかったのは残念だけど……」

「そっか……」

ありがとう、とお礼を言って、私はその場を離れた。草野さんがまた泣きそうな顔をしていたような気がしたけれど、そちらに意識を向けられなかった。あの日の篠崎くんの行動を考えながら、ベニヤ板や模造紙の広げられた廊下をふらふら進んでいく。

三年四組。

篠崎くんはここで荷物を持って、階段のほうへ向かった。普通に考えれば昇降口へ降りていったんだろう。けれど、それでは時間が合わない。どこかで遺書を書くか犯人と話すかしていたはずだ。

それならどこへ行ったんだろう。

私はまた一組のほうへと廊下を戻っていく。

三年四組から東へ行ったほうが早い場所。昇降口。一年生や二年生の一組や二組ということはないだろう。南校舎三階の被服室や調理室。二階にある化学室、生物室。さらにその下の、放送室、視聴覚室、校長室。どこも縁が薄いような気がする。彼はどこへ行ったのだろう。

——上。

三階より上。秘密基地。

右梅さんと別れた後、彼は北東の階段を上ったんじゃないのか。

廊下を突然駆け出した私を、教室の飾りつけをしている同級生たちが振り返った。三年一組の角を曲がって、北東の階段をワンフロア分飛ぶように上がる。どうかそこにいないでほしいと願いながら。

——そうだ、篠崎くんはやっぱりあの日……。

踊り場を過ぎると、あたりは真夏の白い光でいっぱいになった。

私は目を細めて、一段飛ばしでのぼっていく。

「加藤さん……！」

いた。

加藤沙耶夏、東高三人の天才の一人。

白い光の中、壁に寄り掛かって、文庫本を読んでいる。その茶色っぽい髪の毛やまつげが透けてきれいだ。

「加藤……さん……」

「よお、来光福音」

本を閉じて、加藤さんは壁から背中を離した。力強い立ち姿だ。

「加藤さん、いつの間に、ここに……」

さっき、草野さんとぶつかる前に見たときには、誰もいなかったはずだ。

「来光福音が三年の廊下をうろうろしている間に。図書室でおもしろそうな本が見つかったからさ。今日はどこもかしこもうるさいし」

「そんなことは……」

どうでもいい。自分で訊ねたことだけれど。

「加藤さん……私……」ねばる唾を呑む。「綾ちゃんから話を聞いて……犯人の目的は、篠崎くんを殺すことじゃなくて、私と一緒に捜査することだったんじゃないかって……」

加藤さんは口の両端を吊り上げ、大きく目を見開いてこちらを見た。瞳にたくさんの光が集まって、きらきらしている。これはなんだろう。この輝きは。

「篠崎くんの手紙は偽物で、犯人が書いたものだったとしたら……。篠崎くんを死なせた後で、私と加藤さんに宛てた手紙を書いたんだとしたら……。それに、いくら弱みを握っていたとはいえ、篠崎くんを追い詰めることができる人なんてそうはいないよ。ねえ、あの手紙、あれは本物だよね?」

だって私は、篠崎くんの筆跡を知らない。彼の荷物は回収されてしまっていて、今さら確認しようもない。

「つまり、だ。来光福音の推理によれば、あたしはあんたという友達が欲しくて、そのきっかけを作るために篠崎良哉の弱みを握り、追い詰めて殺し、手紙を偽装してあんたの下駄箱に放り込んだ、と。なるほどな。あんたにしてはよくやったよ。いいところまで来たな」

加藤さんの茶色っぽい瞳に光が集まっている。目を見開き、口端を吊り上げたまま、私をまっすぐ見ている。

私は嫌な予感がしてくる。

「加藤さん……」

「それで、仲良くなれたと思うの、あたしと」

そう問うと、加藤さんはくるりとその場でターンして、あちらを向いた。屋上の扉に空いた正方形の窓を、手のひらでこすっている。真夏の青空を四角く切り取る窓だ。

「加藤さん」

私の声はからからに乾いていた。

「あの日、篠崎くんがここに来なかった……？　加藤さんは篠崎くんにここで会ったりとか……」

遺書を書かせたり、とか……。

「なあ、来光福音。屋上に出てみたいと思ったこと、あるか？」

突然の話題転換で、私の鼓動は並足から早足、それから駆け足へと、どんどん速くなっていく。

お願いだから違うと言って、加藤さん。私を騙してなんかいなかったと言って。

「なあ、あるか？」

「うん……うん、行ってみたい！　一度も行ったことがないし、きっと気分がいいもの」

加藤さんは、何かに安心したか気が済んだかしたみたいに肩をちょっと上下させて、いつもの天真爛漫《てんしんらんまん》な笑顔で振り返った。

「あたしじゃない」

「……え」

「犯人はあたしじゃないよ。あたしは篠崎良哉を殺していないし、脅していないし、もちろん死ねとも言っていない。七月十二日には篠崎良哉とは会わなかった。篠崎良哉からの手紙も、犯人からの手紙も、本物だ。篠崎良哉とあたしがグルだって線もない。だって、そんなに仲がいいなら篠崎良哉と友達になればいいだけだからな。あたしは犯人じゃない。あたしが犯人だったら、来光福音が篠崎良哉から手紙を受け取ったことの説明がつかないんだ」

「それは、私が天才と仲良くしたいと篠崎くんに話したことがあるから……」

「違うだろ」加藤さんは鼻で笑った。「天才じゃない。あんたは渡部純一と話したかったんだ。小学生の頃、渡部純一と話そうとして逃げ出してしまったことを話したんだよ。そうだろ？　あたしはあんたに聞かされるまで、そのことを知らなかった。渡部純一もきっと普段は忘れてるだろう。篠崎良哉だけが憶えてたんだよ」

私が一度逃げ出したこと。それを後悔していることを。

「それで、やり直させてやろうと思ったんだ」

「どうして……」

加藤さんは口元を笑みの形にしたが、質問には答えてくれなかった。

「対人コミュニケーション能力の高い篠崎良哉が、同じ天才同士だからと話しかけて、渡部の唯一の友達になったとする。が、篠崎良哉は偽物だった。あんたたちからしたらどうでもいいことかもしれないが、天才だからと湧いた親近感だったのに、最初から嘘をつかれていたと知ったら、まあ、怒るだろう。友情はそこで終わりだ」

「弟さんのことは?」

「渡部純一は、人殺しを気にするような奴には見えない。どっちかっていうと、天才同士だからと相手をしていたのに裏切られたことのほうが大きかったはずだ。きっとそれを見抜けなかった自分のことも許せなくて、その怒りを篠崎良哉にぶつけたんだろうな。篠崎良哉が弟を殺したことは、直接刺さるナイフだったたってだけだろう」

「たったそれだけのことで……」

篠崎くんがただ、努力をしていないふりをしていたというだけじゃないか。

私が言うと、加藤さんはゆるく首を振った。

「人間が人間を殺す理由なんて、ごまんとあるさ。それに、本当に殺したわけじゃない。死ねと言っただけだ。それだけで死ぬってことは、頭打ちだったたってことだよ。篠崎良哉の側にも、限界が来ていたんだ。ま、分かんなくはないけど。実際、天才って結構つらいから。自力でここまで来ようなんて――」

ほんとうに、ばかな奴。

「それじゃあ、篠崎くんは、天才であることに疲れて、自殺を選んだの……？」

家族宛ての遺書に書いてあったように？

加藤さんはかぶりを振った。

「そうじゃない。なあ、来光福音、篠崎良哉は天才ではなかったかもしれないが、賢い奴ではあったんだよ。あいつにも未来が見えてた。わかるか？　この先ずっと、弟を殺した後悔を抱えて、たった一人で、誰にも本当には理解されずに生きていくんだ。そんな未来しか見えなかったんだよ。あいつは現在進行形の人生に疲れたんじゃない。未来に絶望していたんだ」

それからゆっくりと、噛みしめるように、彼女は言う。

「中途半端に頭が良いってのは、悲劇だな。先のことが見えちまう」

「それは……加藤さんも同じじゃないの？」

彼女は目を丸くして固まった。いつか見たのと同じ、小さな子どもみたいな、真ん丸の目。あれは、そう、自学合宿の夜のことだった。

「やっぱり、篠崎良哉は人を見る目があるな」

加藤さんは、言ったろ、と慈愛のようなものさえ見える笑みを浮かべた。

「想像力は、人類を救うんだ」

「うん……」

だけど。

想像力は人を救うが、それは本物じゃない。

私はそれを言わなかった。

「なんであんたが泣くんだよ」

「だって」

だって、彼らを天才とまつり上げたのは私たちだ。自分たちとは異なる人種だと決めつけ、隔離し、触れがたいものとせずにはいられなかった私たちのほうなのだ。

「ま、弟を殺してまでたどり着くにしては、あんまりな場所だよな」

脆《もろ》くてあっけなくて寂しいくせに、一度上ってきてしまえば、結局一人だ。

加藤さんはそう言ってまた本を開くと、ひらひらと手を振った。

「あたしはもうこの事件に興味がない。というか、最初からあんたに渡部純一を救わせるために仕掛けられたっていうんだから、正直やってらんない。後は好きにすれば」

「でも」

私は加藤さんと一緒にいられてよかった。

——たぶん、篠崎くんも。

そのために加藤さんを巻き込んだんだろう。そんな気がする。私だったら加藤さんも救いたいと思う。

「あいつはもう校内には残っていないみたいだから、明日だ。明日一日で、なんとか渡部純一をつかまえるんだ。あんたが見つけないと意味がないんだから」

うん、と私は返事をした。涙の粒がころころと頬を転がり落ちていった。

レミニセンス・YS

屋上は風が強かった。

広げたノートのページがばさばさとめくられて、挟んでいたはずのシャープペンが転がっていく。その延長線上に、南校舎の方から歩いてくる渡部が見えた。

「……よかったよ、来てくれて」

強い風になぶられて、鬱陶しいくらいに長い前髪が、渡部の目を覆っていた。

「いつも物理室だったけどさ、やっぱり、空が見えて高いところのほうが気分がいいよね」

渡部は答えない。俺から数歩先で足を止め、こちらの手元をじっと見下ろしていた。

屋上には真夏の光が照りつけて、水はけの良さそうなタイルが白く輝いている。ここでは何もかもが明るく照らし出されて、隠しごとなどできそうになかった。

できそうになかった。

俺はこらえきれずに笑い出した。渡部ときたら、けんかの相手が屋上に場所を変えようなんて言い出したのに、のこのこと上がってきたのだ。それに対して、俺は天気の話なんかしている。

「遺書だよ」

俺は言った。

「渡部が言ったんじゃないか。うそつきは死ななきゃ治らないって。たしかにそうだよ、僕のついた嘘は生きているかぎりずっとついてくるものだ。逃げようもない」

渡部は俺の話を聞いているのかいないのか、俺が押さえつけているノートを凝視している。

――内容が気になるのか。

それもそうか。弟と同じ道を選べと言われたことが書いてあったら、いくら自殺とはいえ、そして天才とはいえ、渡部は責められるだろうから。そうしたら、学校やクラスのことなんて些細なことだと思っているこいつだって、やっぱりざっくり傷つくんだろうから。

「大丈夫、渡部のことは書いてない。ただ疲れたとだけ説明するつもりだよ。本当のことだしね」

言って、俺は転がったシャープペンを指差す。とってよ渡部、俺、ノートを押さえてなくちゃならないんだ。

渡部はしばらく動かなかった。俺は両手を膝の前についた姿勢で顔を上げる。渡部は、嫌そうな、でもどこか後悔しているような表情で、ふっと目を逸らした。猫背のまま歩いてきて、細身の胴を折ると、紺色のシャープペンを拾って投げる。俺のすぐそばに転がった。ありがとう、と俺は言う。

「最初はさ、渡部がいなくなればいいと思ったんだ。屋上からちょっと落ちてもらえばいいって。地上四階じゃ、場合によっては死なないこともあるらしいけど、渡部って運が悪そうだしさ」

だから屋上に呼び出した。

俺は話しながら、遺書の続きを綴《つづ》っていく。

「だけど、それじゃあ弟のときと同じだと思った。ここに来る途中でね、気がついたんだよ。邪魔なものを排除して、数年後に、やっぱりそこまですることなかった、って思うんだ。きっと、そこまでして守るほどのものじゃない。天才だなんて呼ばれたって、よけい寂しくなるだけだったよ。そんなのはもういい」

また強い風が吹いてきて、俺は目をつぶった。目を閉じたって明るかった。

風が吹き過ぎていって、瞼を開けると、青い空と白い屋上に目がちかちかした。涙が出てくる。

「渡部は俺のこと、全然許してくれないけどさ、だからって渡部がいなくなったら意味がないんだよな。今さら仲直りしたって、友だちには戻れないだろうけど」

こんなときくらい何か言ってくれたっていいのにな、と俺は苦笑する。渡部はもともと無口だけれど、相手の話は聞いているのだ、一応。

俺は口を閉じて遺書を書き続けた。

「どうして」

やがて、渡部の低くかすれた声が、風の向こうからかすかに聞こえてきた。

「どうして、俺に話したりしたんだ」

俺は笑った。質問されただけで嬉しかった。

「弟のこと？　そうだね……僕にだって落ち込むことがあるってことじゃないかな。誰かに言わなきゃ落ち着かないくらいには追い詰められていたんだよ、きっと。……だから渡部のことは、ただのきっかけだったのかもしれないな」

「全部――」

風が耳から音を引き剝がしていく。長い髪が渡部の口元を覆い隠してしまう。なに、と俺は訊き返した。なんて言ったんだ、渡部。

「――全部、なかったことにするか」

渡部はそう言った。言い直した。

「なかったことに？」

「五月、嘘をついていたことや、弟を殺したことを、俺に話した。……何も話さなかったことにすればいい」

俺は笑った。

――正解だ。

なあ渡部、おまえは物理学のことばっかりだと思っていたけど、やっぱり天才だ。なかったことにしようなんて、死ななくていいなんて、最後の最後でそんな正解を選べるなんて。

「ありがとう、渡部」

だけどもう遅い。

「さっきも言ったろう。きっともう限界なんだ。弟のことは最後まで好きになれなかったけれど、死なせたことはやっぱり後味悪くてさ。だんだんそのことばかり考えるようになってきて、なんていうか、きつかったんだ。これから先もこれが続くのかと思ったら」

生きていけないと思ったんだ。

「渡部もわかってくれるんじゃないかな。天才なんて、ひとりぼっちになるのと同義だよ。それが続くとわかったら、生きていく気になんてなれないじゃないか。いや、俺や加藤みたいなのは、これからも天才でい続けられる保証はどこにもない。二十歳過ぎたらただの人ってね。だけど、器用貧乏な子どもってだけで終わってしまったら、その後どうなるんだよ。俺が弟を死なせてまで遠くの良い塾に通った意味もなくなるし、加藤は友だちの作り方も知らないままだ」

「友達なんて要らないんだろ」

どうだろう、と俺は言う。加藤も十分虚《むな》しそうだ。

「きっとさ、今はちょうどそういう時期なんだよ。僕たちはこれから、それぞれの興味に合わせて進路を選ぶ。専門的になっていけば、なんでもできる生徒なんて、地位を失うんだ。そういう未来が見えてきて、天才と呼ばれるままに、いつの間にかこんな袋小路《ふくろこうじ》に迷い込んでしまった自分に、気がつくんだよ」

それは渡部も同じだったはずだ。

「このままじゃあまりに寂しいから、僕と友達になってくれたんだろう？」

渡部は答えなかった。答えられないだろうということは、俺にもわかっていた。

「加藤もきっとわかってる。強がっているように見えるわりに、不思議と元気だけど。あの子には友達がいるのかな。……だからさ、こういうのも変かもしれないけど、死ねって言ってくれてありがとう、渡部。俺にそんなことを言ったのは、おまえが初めてだよ。最初で最後だ。俺は本当はあんなことをしたのに、それでも生きろだなんて、好きだなんて、潰れそうだったんだ」

俺は遺書の末尾に自分の名前を書いて、見直しにかかった。誤字はない。嘘も、そんなについていない。きっと悲しむだろう。いい両親だったのに。

ノートの切れ端だなんて粗末な遺書で申し訳ないけれど、それでも今日を逃すつもりはなかった。

それを丁寧に畳んで鞄にしまう。商店街の小さな文具店で封筒を買って、駅前の郵便局で投函《とうかん》するつもりだ。

だけどその前に、もうひとつ、正解を選んだ渡部のためにするべきことがある。

「なあ渡部、先に行っててくれないか、駅」

君が言ったんだろう、弟と同じように電車に轢かれて死んでみせればいい、って。五月のあの日からこっち、俺が何を言ったって、そればかり繰り返して撥ねつけたじゃないか。

「最後にひとつ、やりたいことがあるんだ」

「何をするつもりだ」

「大丈夫、渡部のことは言わないから。……僕にだって、最後のお別れを言いに行きたい相手がいるんだよ」

嘘だ。

俺は嘘をつくのがあまりにうますぎる。

「それじゃあ、また後で。今となっては巻き込んでごめんね、渡部」

死なくていいって言ってくれたのに。

渡部は険しい表情で足元に目を落としていたが、俺が促すと、南西の階段室のほうへと向きを変えた。空気は透明なはずなのに、風があんまり強くて、夏の制服の白い背中が、かすんで見える。

「なあ、渡部。前にさ、現代文の問題、わざと間違えてるんじゃないかって言っただろう」

俺たちがこんなふうになる前の話だ。

「あれ、やっぱりわざとだ」

登場人物の感情を答える問題に正解してしまえば、俺やクラスメイトたちの気持ちがわかると認めることになるからだ。そうだろう。

渡部は、いつものあの不機嫌そうな顔で、聞いているのかどうかわからない様子でどこかを見ていた。俺の後ろのほうの、おそらく空を見ているようだった。

「――そうかもしれないな」

そうかもしれない。

予期していない答えだった。俺は耳を疑う。いま聞いたばかりの答えをもう一度心の中で再生する。

「そうかもしれない。三つ巴《みどもえ》のままでよかった」

「……あれほどクラスメイトたちから遠ざかろうと、高みへ上っていったくせに、やっぱり寂しかったんだ」

俺は笑った。

「初めて気が合った」

だけどお別れだ。もしかしたら仲直りできたのかもしれないけれど、俺にできることはもう、ひとつだけだ。

正解を選んだ渡部のために、二通の手紙を書こう。

お別れだ。

「またいつか、渡部。おまえと友達になれてよかったよ」

第十九章　九月十三日（土）

文化祭二日目、三年二組は、朝の七時に教室に集合する予定だった。模擬店の最終準備のためである。

集合時刻ちょうどに教室にたどり着いたけれど、まだ十人も登校していなかった。真面目でおとなしい子たちばかりが、看板の色塗りを仕上げたり、シフト表を眺めたりしている。

三年四組を覗いてみると、さすがは選抜クラス、タピオカジュースを売る準備をすっかり整えて、教室のそこここで生徒が談笑していた。仕事熱心な右梅さんですら、机を並べたカウンターの向こうで、くつろいで笑っている。

渡部くんはいない。

まだ文化祭が始まる時間じゃないから、登校していないのかもしれなかった。八時半に担任が出席をとりに来るまで待たなくてはならない。

私はじっとしていられなくて、自分のクラスの飾りつけを手伝ったり、販売手順の確認をしたりする間にも、何度か抜け出して三年四組の偵察に行った。普段はどちらかというと早めに登校してくる渡部くんなのに、今日ばかりはなかなか姿を現さない。文化祭の準備を手伝いたくないからだろうか。それとも、まるきりサボってしまうつもりなんだろうか。

そこまで考えたところで、彼が毎朝、物理室にいることを思い出した。

三年四組の前から、五組六組と普段通らない廊下を歩いていく。つきあたりには進路指導室があるが、手前で折れて渡り廊下に入る。

──そうだ。

あの日、教室で鞄をとって草野さんに目撃されて右梅さんに行き合うあの時間まで、篠崎くんは教室以外のどこかにいたはずだ。三年三組の前を通らなかったということは、四組からこちら、西に行ったほうが近いどこかに。

進路指導室。曲がって、社会科系の教室。それから、南校舎の特別教室のうち、西寄りのもの。たとえば、三階の、音楽室、楽器室、図書室。でなかったら、一階の美術室か、そこから渡れる体育館。

──もしくは物理室。

そうだ。三年生の自習室として開放されているものの、渡部くんしか利用者のいない物理室。あの日、篠崎くんと渡部くんは、ここでけんかをしたんじゃないのか。そこで篠崎くんは死ぬことを決めて、教室に荷物をとりに行ったのではないか。

南校舎に入ると、文化祭の朝の喧騒は嘘のように静まった。

物理室にも電気が点いていない。開けようとしたら、鍵がかかっていた。教室の扉にも鍵がついているらしい。知らなかった。

「何か用?」

女の人の声が聞こえて、私は飛び上がった。

「今日は使わない教室は鍵をかけるんだよ。忘れ物か何か?」

白衣を着た三十代くらいの女教師が、物理準備室から顔を出したところだった。いかにも強気そうな、つり上がった眉をしている。ミッキーではないほうの物理の先生、雪野先生だ。

「いえ、あの、人を捜していて……。いつもは物理室にいるんですけど……」

「もしかして、渡部のこと?」先生はちょっとだけ、困ったように口元を曲げた。「今日は来ていないね。鍵がかかること、わかってるんだろう」

「そうですか……」

それなら、彼は一日、教室にいることになる。

ありがとうございましたと頭を下げかけて、私はふいに、何かに操られたみたいに無意識に、言った。

「先生……雪野先生は、七月十二日土曜日、物理準備室にいらっしゃいましたか?」

先生は急角度の眉をひそめる。

「七月……? なんの日だったかな」

「篠崎良哉くんが亡くなった日です。三年生は全国模試がありました」

ああ、と痛ましげに目を伏せて、

「あの日の模試は、試験監督をして……その後は、夜までここと体育館を行ったり来たりしていたよ。バスケ部の練習があったけど、一学期分の成績もつけなくちゃならない時期だったからね」

「坂足先生も？」

「どうだったかな。たぶんいらっしゃったと思うけれど。模試の後には、坂足先生にはよく質問の生徒が来るから、できるだけ準備室にいるようにしてらっしゃるのよ」

やっぱりだ。ミッキーは知っていたのだ。あの日、渡部くんだけでなく、篠崎くんも物理室にいたことを。

「あの日……篠崎くん、物理室にいましたよね？」

「……ええ」

さすがに亡くなった当日のことはよく記憶に残っているみたいだ。

「誰といたんでしょう」

「どうしてそんなことを訊くの？」

先生の訝《いぶか》しげな視線に、自分がまったくひるんでいないことに気がついて、私は思った。今の私はまるで加藤さんだ。背筋が伸びている。口が勝手に動く。

「誰にも言いません。篠崎くんが最後に私のことをなんて言っていたのか、知りたいんです。絶対に話していたはずだから……」

雪野先生の目が大きく見開かれた。今の今まで無色透明だった女子生徒が、何かの光を反射して、存在を主張し始めたのだから。驚いたろう。私も驚いている。

「篠崎くんがあの日、誰と一緒にいたか、ご存知ですか」

「……たぶん、渡部純一君。あの二人は、たまに物理室で話してたんだよ。ほかに来る生徒はいないし……」

「二人が何を話していたか、聞こえましたか？」

「間に扉があったからよく聞こえなかったけれど、何か言い争っている様子だったよ。あの日だけじゃない、春過ぎからずっとだ。渡部が誰かと話しているだけでも驚きなのに、声を荒らげているんだから。坂足先生とも、心配ですねって話したからよく覚えて……」

そこで我に返ったのか、雪野先生はばつの悪そうな顔をした。

「まずは渡部に訊いてみたほうがいい。本当にあの日、物理室で篠崎と話していたのか。私は直接姿を見ていないからね。……だけど、あんまり責めないように」

「はい。……ありがとうございます」

廊下にチャイムが鳴り響いた。私は深く深くお辞儀をした。

□

「今日は文化祭本番だな。高校生活最後の思い出です。今日ばかりは受験のことは忘れて、精いっぱい楽しむように。明日からまたしっかり勉強すればいいからな。それじゃ、今日の注意事項を読み上げるぞ」

案の定、受験のことを忘れさせてもくれず、どこのクラスよりもホームルームを長引かせて、荒井先生は満足げに去っていった。

ホームルームが終わるなり、三年二組の生徒たちは慌ただしく動き始める。私はその中を抜け出した。

三年四組の教室に、渡部くんはいなかった。登校しているのかどうかもわからない。

――そうだ、下駄箱。

ちょっと後ろめたいけれど、彼の靴入れを開けて、彼が校内にいるかどうかだけでも確かめたほうがいい。

北東の階段を下り始めたところで、背後から腕を引っ張られた。

「フクちゃん！」

右腕に、綾ちゃんがしがみついている。

「あ、綾ちゃん、どうしたの……？」

時間がない。もうすぐお客さんたちが校内に入ってきて、どこもごった煮状態になってしまう。そうなったら、背の低い私が人捜しをするのはより困難になる。

「どうしたの、はこっちの台詞《せりふ》だよ！　フクちゃんこそどうしたの？　どこに行くの？もうすぐお店が始まる時間だよ。着替えてアイス売らないと！」

「ちょ、ちょっと用事があって……」

ちゃうよ」

「用事って何？」

言葉を詰まらせた私は、祈るように綾ちゃんを見つめるしかなかった。

「また加藤さんと何かしてるの？　もう終わったって言ったじゃん。ねえ、加藤さんと一緒にいるの、本当にやめたほうがいいよ。今日だって、シフト抜け出したら、何か言われちゃうよ」

「言われないよ……」私は微笑んでいた。「きっと、クラスのみんなはなんにも気づかないよ。それに、もし怒られたとしても、今日だけは行かなくちゃいけないの。加藤さんは関係なくって、私の問題だから。どうしてもやらなくちゃいけないことがあるの」

絡みつく腕を、丁寧に引き剝がして、階段を数段下りる。

「綾ちゃん、お願い。大切な用事が終わるまで、私はクラスの方には出られないと思うの。用事が終わったら、シフトなんて関係なしに一日中お店番するから、今だけは見逃して。ね？」

階下から、高揚したざわめきが押し寄せてくる。一番乗りを決め込んだ保護者や地域の人たちが入ってきたのだ。

「やだよ、フクちゃん、ふつうの子でいてよ。じゃないと、あたし、一緒にいられないじゃん。一人になっちゃうよ。それともやっぱり天才の人たちを選ぶの」

「綾ちゃん……」

篠崎くんからの手紙を受け取ってからのこの二ヵ月、何度綾ちゃんを一人教室に置き去りにしただろう。

「私……ごめん、ごめんね、綾ちゃん。だけど、どっちも私の友だちだよ。私は綾ちゃんといるのも好きだし、これからも一緒にお弁当を食べたりしたいよ。それは本当だよ」

綾ちゃんは口元をぎゅっと結んだ。それが少しずつ、少しずつ、氷が溶けるように緩んでいって、そして言った。

「いいよ」綾ちゃんは、眩しいものを見るみたいに目を細めていた。「いいよ、フクちゃん。それだけ聞けてよかったよ。今日のシフト、かわりにやってあげるから。行ってきなよ。クラスのことは気にしなくていいよ」

「ありがとう」

私は綾ちゃんから離れて、来場者の波に逆らって進んだ。

「ありがとう。……いってきます」

お客さんの玄関になっているので、昇降口とその周辺は混雑を極めている。人ごみを掻き分けて、ようやく三年生の下駄箱にたどり着く。三年四組の端っこ、出席番号四十番。最下段だ。周囲を確認する暇も惜しんで開けた。下段に、底が奇妙にすり減った黒いローファーが入っている。

いる。彼は校内にいる。

そうとなれば、急いで捜さなければならなかった。

——だけど、どこを?

教室にも物理室にもいないとなれば、ほかに彼が行きそうな場所には見当がつかなかった。しらみつぶしに捜すしかない。

一階から順に、ロの字形の校舎をぐるぐると巡っていく。客引きで耳のおかしくなりそうな廊下。模擬店やお化け屋敷《やしき》に変身した教室。部活動の展示が並ぶ静かな特別教室。専門の音響業者を呼んでバンドのライブ会場に仕立てられた第二体育館。次々にステージ発表が行われる、第一体育館。

三階まで見てしまうと、もう一度、各教室を覗き込みながら一階まで戻る。行き違いになっているかもしれないからとコースをわずかに変えて、また三階へ。職員室や事務室も、首を伸ばして隅々まで見渡したけれど、彼はどこにもいない。

「どこ……」

二時間も人ごみの中を歩き回って、足が棒のようだ。

校内ツアーもも う五周目である。もう一度下駄箱を確認してみたけれど、たしかにローファーは入っているし、上履きサンダルがなくなっている。校舎内にいるはずなのだ。

私は人気の少ない南校舎一階をとぼとぼと歩く。

ここが静かなのは、職員室や事務室のある並びだからだ。

「どうしよう……」

へたりこんでしまいそうだ。

廊下の端まで来て、美術室を前にため息をついた。ここだってもう八回も見たのだ。

そのときである。
歌謡曲を小さく流していただけの校内放送から、場違いの怒鳴り声が飛び出してきた。
『来光！　空だ！　行けないはずの場所に行くんだよ！』

モノローグ・Ⅳ

「さすがのあたしでも、これは人が来るか」

『のんきなこと言ってる場合じゃないだろ。あれ、生徒指導の佐々木先生じゃない？』

加藤は放送室を飛び出しかけたところでくるりと向きを変え、また小さな部屋に戻った。放送機器と傾いた椅子の上を跳んで渡って、開けっ放しの窓に飛び乗る。誰だ今のは、と怒鳴りながら先生たちがなだれ込んできたときには、校舎と植え込みの間を疾走していた。

『放送室が一階でよかったね』

「それも計算済みだから」

加藤はちらりと振り返る。熊のような体育教師たちが、窓から身を乗り出していた。

「どこに行くかねえ」

走りながら加藤は考えている。ちらっと空を見上げた。

『邪魔しちゃわるいんじゃないかな』

「わかってる。あたしはあたしで――」

体育館と校舎とを結ぶ通路につきあたったので、そこから南校舎に入った。

特別教室ばかりの南校舎は比較的静かだ。けど、一階には、職員室や校長室、さっき勝手に入り込んだ放送室が並んでいる。

加藤はためらわずに、すぐ近くの階段へと向きを変える。二階まで駆け上がって、物理準備室に飛び込んだ。

『鍵が開いてるって、わかってたの？』

「さっき、窓が開いてるのが見えた」

物理準備室には、当然、先客がいた。

ミッキーこと坂足先生だ。

やあ加藤さん、とミッキーは穏やかに言った。飛び込んできた加藤に驚いた様子はない。今日は祭りの日だというのに、白衣を着て何かのプリントの束を手にしていた。

さっきの放送は加藤さんかな。なかなか熱い台詞だったね。

加藤は返事をせずに部屋の奥へ進む。棚に挟まれた暗がりを抜け、窓から差し込む光ときらめく埃の中へ。

探偵ごっこは終わったのかな、とミッキーは言った。世間話みたいな口調だった。

加藤は答える。

坂足幹男先生は、篠崎良哉を殺した犯人を、ご存知でしたか。

ミッキーは笑った。殺すもなにも、篠崎くんは自殺だったじゃないか、と。

「しらじらしいな」

『加藤……？』

だけど、とミッキーは続ける。だけど、物理室の会話は聞こえるからね。

それじゃあ、最初から犯人がわかってたんですね、先生には。

加藤がそう返すと、ミッキーは微笑んでゆるゆるとかぶりを振り、プリントの束に目を落とした。そして、加藤さん、と呼ぶ。

加藤さん、もう一人の自分と仲良くね。あなたはとても器用だから。

息が止まった。

『加藤……』

「黙ってて。今はあんたの出る幕じゃない」

加藤さん、人間はね、想像力で生きながらえている。たぶん、君はわかっているんだろうね。悪いことじゃない。およそほとんどの人類にとって、あなたは生きていたほうがプラスになる人間だ。

ミッキーはそこまで言うと、おかしそうに笑った。

いや、こんなことは教師が言っちゃいけないな。みんな生きてるのがいちばん。

加藤は、どうして気がついたんですか、と訊ねる。ミッキーはなんてこともなさそうに答える。わかるさ、顔の筋肉や目の動きを見れば、なんとなくわかるものだよ。だけど、そろそろ自分の外側にもお友達ができたんじゃないかな。

何か言い返そうとして、結局、加藤はうまい言葉を見つけることができなかった。バレた時点で終わりだったのだ。

だけど、そう悪いことじゃない、と加藤は思い直す。想像力が創造物に与える力には、たしかに限界があるのだから。こんな延命措置にもいつか終わりがきて、加藤もだめになるはずだったのだから。代替物が見つかったのなら、そのほうがいい。

僕もね、とミッキーは続ける。君たちがどこまで行けるのか、楽しみにしているんだよ。

彼らとも仲良くね。

どうも、と加藤は言った。言って、物理準備室を出た。どこか心が軽くなったような、反対に、今しがた受け取ったばかりの言葉をこぼさないよう慎重になっているような、いままでになかった感じだった。

廊下の窓から、中庭を挟んで反対側、北校舎の賑わいが見えた。どの教室も人でいっぱいだ。加藤はそれを眺めて、階段へ足を向けた。

『どこへ行くんだい』

なんとなく答えはわかっている気がした。

「あたしのいる場所なんて、ひとつしかないだろ」

『でも、今はあの子たちがいるよ。いつもは一人でいられたけど、今はほかの子もいるんだよ』

「やっと誰かが来たんだ」

加藤は階段を一段一段踏みしめるように上がっていく。空に近づけば光は増す。空には光が溢れているのだ。

『そう』

安全地帯を脱する覚悟が揺らがないようにか、加藤はあえて考え事を拒否しているようだった。勘のいい加藤のことだから、自分がどこへ行くべきか、わかっているんだろう。

『そう。やっぱりそっちを選ぶんだね。――ばいばい、加藤。あの子たちは僕とは違うんだから、うまくいかなくても、すぐに拗ねたり怒ったりしちゃだめだよ。ちゃんと仲良くするんだよ。わかってるって言うだろうけど、――』

あたしは階段を上っていく。

第二十章

『来光！　空だ！　行けないはずの場所に行くんだよ！』

南西の階段の真下にいた私は、ぱっと上を見た。

——北東の階段と南西の階段は、四階に続いている。

反射的に走り出した。足をせいいっぱいに動かして階段を駆け上がる。

——こんなところに、いられるはずがなかったんだ。

仮装して校内を練り歩く客引きたち。ジュースの容器を片手にはしゃいでいる女の子たち。私に目を丸くして道を空ける。みんな、突然の校内放送のことなんて気にかけていないみたいだ。

いられるはずがなかったんだ、こんなところに。最初から。

二階を過ぎる頃には、眩暈《めまい》と頭痛で意識が飛びそうだった。足も重くて持ち上がらない。

手すりを摑んで体を引き上げながら、なんとか足を止めずに三階、それから四階へ。意識が朦朧《もうろう》とする中、吹奏楽部の衣装が詰まった段ボール箱の間をすり抜ける。縋ろうとした手が、いくつか叩き落とした。最後の段を踏みつけて、よろめく足で扉に突進する。古びた銀色のノブを両手で摑んで、全体重を乗せる。鍵は開いていた。ふらつきながら屋上へと転がり出る。

「わた……く……」

叫んだのに声にならなかった。

貧血で視界が眩《くら》む。倒れそうだ。肺と太腿《ふともも》が、脈動にあわせてずきずき痛む。体を支えきれなくて、膝に両手をついた。息が荒いままおさまらない。口がだらしなく開きっぱなしになっている。

それでもぐいと顔を上げた。

真っ青な空の下、乾いた屋上のまんなかに、学生服の背中が見えた。フェンスの内側だ。

がくがくする足で少しずつ近づく。

彼が私に気がついて振り返った。ちょっと驚いた顔をしている。

あらためて見ると、彼は本当に痩せていた。顔色も悪い。あちこち撥ねた真っ黒な髪に、すさんだ鋭い目。ろくに眠れていないのかもしれなかった。

「渡部くん……」

私は彼の骨ばった手をとる。するりと引っ込められそうになる。反射的に、手首のあたりを両手で思いきり摑んでしまった。あまりに細くて、折ってしまいそうで怖い。

渡部くんは今すぐにでも逃げ出しそうな表情で、こちらを警戒している。

「渡部くん……」

何から言えばいいだろう。何を確かめたらいいのだろう。

「私や右梅さん、三村くんのロッカーに、手紙が入っていたの。篠崎くんの自殺について調べるのを妨害しようとする手紙。……あれを入れたのは、渡部くん？」

彼の唇は、はりついたように閉ざされたままだった。私に手首を摑まれて、微動だにせず立ち尽くしている。

もう一度問いかけようとしたとき、彼の首がわずかに上下した。

「どうして？」

自分でも驚くほど優しい声が出た。

「――もう、放っておいてほしかった。どうしようもない」

彼はそう答える。

――確定してしまった。

「……そう」

犯人は、彼だ。

篠崎くんが私に見つけさせたかったのは、渡部くんだ。

「ねえ、正直に言って」

穏やかな風が吹きあがってきて、私たちの前髪を揺らしていく。

「あの日、篠崎くんが電車に飛び込むところを見ていなかった？」

「――見ていなかった」

彼の声は低くしわがれていた。

ここはあまりに静かで、その声が優しく残酷に私の耳をぶった。

「——その瞬間には、目をつぶっていた」

死なくていいと言ったのに、もう遅かった。

彼はそう言った。

私は目を閉じる。

——何を言えばいい。

私に何を言えるだろう。

「伝言が、あるの。篠崎くんから」

私はなんとか微笑んだ。これでやっと言える。

「友達になろう。——私ね、ずっと、渡部くんとお話ししたかったんだ」

そのとき、ぱちぱちと気のない拍手が聞こえて、私はぱっと彼の手を離した。

「やー、おめでとう、来光福音」

加藤さんだった。どうやって登ったのか、私の背後、階段室の上に腰かけて、こちらを見下ろしている。

「一時はどうなることかと思ったけど、ようやくこれで、事件解決ってわけだ」

「加藤さん、いつの間に……」

彼女は階段室の上から飛び降りて、膝を大きく曲げて着地した。

「あんたらがようやく数年越しの会話をしている間に。手、別に離さなくたっていいじゃん。握ってなよ」

「……茶化さないでよ」

「別に茶化してなんかない。真剣に喜ばしいと思ってるよ、来光福音」

加藤さんは、親しみのこもった、それこそ友情そのものといった笑顔を見せた。私はどきりとする。加藤さんがそんな顔をできるとは思っていなかった。

「ま、やっと篠崎良哉の遺言を片づけられたんだしさ、せっかくだから昼飯でも食べて帰ろうぜ」

「でも、文化祭だよ、今日」

「いいじゃん。サボっちゃえサボっちゃえ」

「最初からその気だったでしょう、加藤さん……」

声をあげて笑って、加藤さんは屋内への扉を開く。校舎の中は薄暗くて涼しそうだ。

私は振り返ると、渡部くんの手をとった。今度は抵抗されなかった。毒気を抜かれ、ちょっと疲れたみたいにだらりとしている。

「篠崎といい、あんたらといい――。ほっといてくれないか」

ううん、と私は笑った。なんだか心の底から無性に嬉しくて仕方がなかった。

「ううん、ほっとかないよ。絶対、ほっとかない。さあ、行こう。加藤さんが待ってる」

加藤さんは三階と四階の間の踊り場から私たちを見上げていた。追いつくと、満足げに私たちを眺め、何度か頷く。

「どうしたの?」

「べつに」

そして、私の空いた手をとると、

「今回ばかりは篠崎良哉の一人勝ちだな」

と笑った。

本書は書き下ろしです。

講談社タイガ

〈著者紹介〉

神宮司いずみ（じんぐうじ・いずみ）

1992年生まれ。『校舎五階の天才たち』にてデビュー。

校舎《こうしゃ》五階《ごかい》の天才《てんさい》たち

2017年9月20日　第1刷発行　　　　定価はカバーに表示してあります

著者……………………………神宮司《じんぐうじ》いずみ

発行者…………………………鈴木　哲

発行所…………………………株式会社 講談社

〒112-8001 東京都文京区音羽2-12-21

編集03-5395-3506

販売03-5395-5817

業務03-5395-3615

本文データ制作……………講談社デジタル製作

印刷……………………………豊国印刷株式会社

製本……………………………株式会社国宝社

カバー印刷…………………慶昌堂印刷株式会社

装丁フォーマット…………ムシカゴグラフィクス

本文フォーマット…………next door design

ISBN978-4-06-294089-4　N.D.C.913　318p　15cm